1LDK、そして2JK。～26歳サラリーマン、女子高生二人と同居始めました～

ひまり
名字不詳で家出中の JK。街中で困っていたところを助けられ、駒村の家に転がり込む。世間知らずでおっちょこちょいな性格。

慌てて浴槽に正座で座る俺。

ひまりは片手にタオルを持っていた。

その姿を見て、俺はひまりが何をしようとしているのか察した。

――これは、絶対に拒否しなければ。

「お、お背中流しますね……！」

「流さなくていいから！ 自分で洗うから！」

「でも、せめてこれくらいは――」

「かず兄はさ……」

コンビニに寄る道すがら、急に奏音が俺の名を呼んだ。

奏音の家に行くときは先導していた彼女だが、
今は俺の横に並んで歩いている。

「何だ？」

「昔よりちょっとだけ、大きくなったよね。その――お腹が」

「言われなくてもわかっとるわ」

「胸から上は普通っぽく見えるのに。ビール腹ってやつ？」

倉知奏音《くらちかのん》
駒村の従妹のギャル JK。

母親の蒸発で、駒村の家
で暮らし始める。

家事が得意な一面も。

「私、やっぱり子供としか見られていないいんだなって……」
「……えっ？」

1LDK、そして2JK。
～26歳サラリーマン、女子高生二人と同居始めました～

福山陽士

ファンタジア文庫

2920

口絵・本文イラスト　シソ

目次

第1話　2人のJK

GWが終わり、世間の空気もすっかり落ち着いたものになった五月某日《ぼうじつ》、22時38分。

俺はスマートフォンを耳に当てた状態で固まっていた。

電話の相手は親父《おやじ》。

今しがた衝撃《しょうげき》的なことを言われた気がするのだが、あまりにも突然《とつぜん》すぎて脳に記憶《きおく》されなかった。

俺はおそるおそる口を開く。

「……親父、よく聞こえなかったからもう一度言ってくれるか？」

「ん、電波が悪いか？　従妹《いとこ》の奏音《かのん》ちゃんっていただろ？　ほら、母さんの妹、翔子叔母《しょうこおば》さんの娘《むすめ》さん。しばらく、お前の所であの子を預かって欲しいんだ」

「…………………………」

俺の口からは何の言葉も出てこない。

付けっぱなしにしていたテレビから、バラエティ番組特有のわざとらしい笑い声が響《ひび》き、部屋を支配する。

親父のその頼《たの》みは、俺にとってまさに青天の霹靂《へきれき》だった。

「はぁ……」

電話を切った直後、大きなため息が自然と口から洩《も》れた。

耳を素通《すどお》りするニュースの音声を背景に、俺はソファの背にだらんともたれかかり、飲みかけだった発泡酒《はっぽうしゅ》を一気に飲み干す。

既《すで》にぬるくなり、炭酸が抜《ぬ》けかけた発泡酒は、酷《ひど》く不味《マズ》かった。

横目で壁《かべ》の時計を見ると、23時を回ったところだった。

改めて、先ほどの会話を思い出す。

今までこんな時間に親父が電話をかけてきたことはなかったので、最初は嫌《いや》な予感が胸を過《よ》ぎった。

入院している母さんの容体が悪化したのだろうかと。

だが、話の内容は俺がまったく想像もしていないものだった。

事情はわかった。理解もした。

そして——俺は親父の頼みを承諾《しょうだく》していた。

断る理由が特になかったから。

「女子高生と二人暮らしって、マジか……」

だが、心はまだ動揺《どうよう》していた。


倉知《くらち》奏音。

俺の従妹だが、ほとんど会ったことはない。

彼女の母親——翔子叔母さん——はいわゆるシングルマザーで、仕事で忙《いそが》しかったのか、うちに寄ることはほとんどなかった。

そんなわけで俺の中で奏音の印象は薄《うす》く、彼女の母親の後ろで控《ひか》えめに挨拶《あいさつ》をしていた姿しか覚えていない。

最後に奏音と会ったのは、確か俺が高3の時の正月。もう八年前のことか。

叔母さんに卒業祝いで、ご祝儀《しゅうぎ》を貰《もら》ったので覚えている。

奏音はあの時に小3だと言っていた気がするから……うん、やっぱり今は高校生だな。

『実は今日、奏音ちゃんがうちを訪ねて来てな……。翔子さんが突然いなくなってしまったらしい。もう三日は帰って来ていなくて、行方《ゆくえ》を知らないかと。

昔から彼女は自由奔放《ほんぽう》なところがあったみたいで、奏音ちゃんは案外ケロッとしているんだが——やはりこの時世、女子高生の一人暮らしは問題がありすぎるだろう。

だが和輝《かずき》も知っている通り、今うちは母さんが入院中だ。俺も仕事帰りに頻繁《ひんぱん》に病院に通っているし、正直なところ奏音ちゃんを丁寧《ていねい》に見ている余裕《よゆう》がない。

だから、和輝の所で預かって欲しいんだ。奏音ちゃんの学校も、うちより和輝のマンションから通う方が遥《はる》かに近いみたいなんでな』

先ほど親父に言われたことを、もう一度脳内で噛《か》みしめる。

叔母さんが突然蒸発。

どういう理由でとか、行方不明者の届け出は出したのかとか色々と疑問は出てきたが、それについては聞けなかった。いや、聞く余裕がなかったと言うべきか。

「とにかく部屋、片付けなきゃな……」

『女子高生との二人暮らし』という単語が、深夜の片付けの衝動を運んでくる。

他人を招き入れることなど全く想定していなかったので、部屋の中は割と悲惨《ひさん》だ。

この時間だからさすがに大規模な掃除《そうじ》はできないが、せめてテーブルとコンロ周辺に置いてある空《あ》き缶《かん》やゴミくらいはまとめておかないとな——と思い立つ。

一つずつ缶を握《にぎ》り潰《つぶ》しながら、半透明《はんとうめい》なスーパーの袋《ふくろ》に入れていく。

総菜の空き容器が結構かさばるのが鬱陶《うっとう》しい。

大きなゴミ袋《ぶくろ》を先日使い切り、それから買っていなかったことを少し悔《く》やんだ。

翌朝、ネクタイを締《し》めたところでインターホンが鳴った。

昨晩はあれから一時間くらいかけて部屋の掃除をしたので、いつもより少し睡眠《すいみん》時間が足りない。

あまり眠《ねむ》れなかったというのも、大きな原因だけれど。

眠い声を押し殺し、俺は返事をする。

「はい」

「えっとぉ……………駒村《こまむら》さんのお宅……ですか？」

俺が名乗らなかったせいか、かなり戸惑《とまど》いながら声の主が尋《たず》ねる。

「はい。もしかして――」

「奏音です」

小学生の時と少し変わってはいるが、それは確かに奏音の声だった。

昨晩の親父の頼みは、酔《よ》った自分の脳が作り出した幻聴《げんちょう》ではないのかと少し疑っていたのだが、本当に来てしまった。

ちなみに、うちのマンションのインターホンにはカメラがない。声だけのやり取りだ。

「親父から話は聞いている。今開けるから待っててくれ」

インターホンを切り、即座《そくざ》に玄関《げんかん》へ。

そして小さく深呼吸をしてからドアの鍵《かぎ》を回す。

大丈夫《だいじょうぶ》だ。昨晩、床《ゆか》の埃《ほこり》は一通りきれいにしたから問題ないはずだ。

このタイミングで『人を招き入れても良い部屋か』というのがなぜか気になってしまったが、今さら気にしたところでどうしようもない。

意を決してドアを押し開ける。

立っていたのは、髪《かみ》を明るく染めた小柄《こがら》な女子高生だった。

深緑色のブレザーが、髪の明るさを引き立てている。

うわ……どこからどう見ても、今時の女子高生だな。

自分の記憶の中にある小学生の時の姿と今の彼女の姿が随分違《ずいぶんちが》うので、正直なところ少し動揺してしまった。

まぁ高校生だもんな。色々とお洒落《しゃれ》したくもなるか。

しかし制服か……。

女子高生の制服につい目が吸い寄せられてしまうのは何でだろうな。

「あぁ～……そのぉ……お久しぶり、です」

奏音は緊張《きんちょう》しているのか、視線をウロウロさせ、ぎこちない挨拶をする。

他人が緊張をしていると、その分自分は冷静になれてしまう。

よし、ここは大人の余裕を見せる場面だろう。

ちなみに今まではそんなこと、意識したことなんてない。

「いらっしゃい。とりあえず中に入って」

良かった。声は上擦《うわず》らなかった。

俺の言葉に従い、玄関の中に入ってくる奏音。

一瞬《いっしゅん》だけ眉間《みけん》に皺《しわ》が寄った気がするが、真意はわからない。

靴《くつ》を脱《ぬ》ぎ、ちゃんと向きを整える。

「荷物はひとまず、適当に置いといてくれていいから」

「……わかった」

奏音はボソッと呟《つぶや》くと俺の後に付いてくる。

さっきの挨拶は猫《ねこ》を被《かぶ》っていたのか。

家に入ったらいきなり敬語がなくなったので、少しだけ動揺してしまった。

さすがは女子高生だな……。

今さらだが、奏音の荷物はボストンバッグ1つと学校用の鞄《かばん》しかなく、年頃《としごろ》の女子の荷物にしては少ない気がした。

最小限の物しか持って来ていないのだろう。

「ところで朝ご飯は？」

「駅前のコンビニでパンを買って食べた」

さっきよりもぶっきらぼうに答える奏音。

これは――もしかして警戒《けいかい》されているのだろうか。

正直なところ、俺も年頃の女の子に対する接し方がよくわからない。

兄弟は弟が一人いるだけなので、学生の頃は同級生の姉・妹トークにさっぱり同調できなかったものだ。

まぁ女子高生とはいえ、一応身内だ。

そのうち慣れるだろう。たぶん。

それより、俺は奏音の返事にちょっと安堵《あんど》していた。

朝ご飯として出せる物が、食パンくらいしかなかったからだ。

他《ほか》に冷蔵庫にあるのは、ペットボトルの水と発泡酒、あとは玉子とキムチとさきイカくらいか。

女子高生に朝からキムチやさきイカを食べさせるのはマズイことくらい、さすがに俺にだってわかる。

そこで奏音と目が合う。

彼女は無言のままジッとこちらを見てから、部屋の中を回し見て、また俺の顔を見る。

その目は決して温かくはない。

むしろ冷気すら感じる。

「ど、どうした？」

何か不快になる物でも見つけたのだろうか？

でも昨晩頑張《がんば》って掃除をしたから、目に見える範囲《はんい》に変な物は置いていないはず。

普通《ふつう》の家具に、普通の生活用品しかないと思うのだが——。

「…………別に」

奏音はフイッと視線を逸《そ》らし、「これ以上お前に言うことはない」という雰囲気《ふんいき》を露骨《ろこつ》に放ってくる。

よくわからん……。

女子高生って難しいな……。

そこでふと時間が気になり、時計に目をやる。

……そろそろ行かないと、いつもの電車に乗り遅《おく》れてしまうか。

「俺はもう家を出ないといけないんだが、ここから学校への行き方はわかるか？　駅までは一緒《いっしょ》に行くか？」

「いや、いいよ。スマホもあるし。ここまでもスマホ見ながら来たし」

奏音はスマホの画面を指でシャシャッとなぞりながら、淡々《たんたん》と答える。

指の動かし方を見るに、たぶん俺よりもスマホに慣れている。

俺のスマホの用途《ようと》は惰性《だせい》で続けているゲームと、時々かかってくる同僚《どうりょう》からの電話くらいだ。

「じゃあ大丈夫そうだな。詳《くわ》しくはまた帰ってきてから話そうか。といっても俺の方が帰るのは遅《おそ》くなるだろうから、合鍵を渡《わた》しておくな」

昨晩、掃除の最中に見つけておいた合鍵を奏音に渡す。

「……ありがと」

そのお礼の言葉だけ、ちょっとだけ柔《やわ》らかかった。気がする。

奏音はなくさないためか、すぐに鍵を財布《さいふ》の中に仕舞《しま》った。

「それじゃあ、詳しいことはまた帰ってからということで」

「……うん」

会話もそこそこに、俺は奏音に背を向け家を出る。

この調子で、奏音と二人ちゃんとやっていけるのだろうか？

急激に不安が襲《おそ》ってくるが、今は考えても仕方がない。

――とにかく、今日は定時になったらすぐに帰ろう。特別忙しい時期ではないし。

マンションの廊下《ろうか》を歩きながら決心する。

朝の日差しが体の半分を照りつける。

今日の空は雲一つなく澄《す》んでいた。

だが天気予報が言うには、夜から雨になるらしい。

まあ、夕方までに帰ってきたら雨は関係ないだろう。

すぐに天気のことは忘れ、俺はエレベーターのボタンを押した。


午後五時。

終業を告げるチャイムが会社内に響《ひび》き渡る。

既《すで》にデスクの上を片付けていた俺は、チャイムが鳴り終わると同時に席を立った。

「なあ駒村。この後呑《の》みに行かねえ？」

同僚の磯部《いそべ》が、椅子《いす》に座ったままあくび混じりで俺に言う。

「いや、帰る」

予定がなかったら行っていたかもしれないが、既に奏音が家で待っているはずだ。

今日は終業と同時に帰宅するのだと、朝の時点で決めていた。

「だろうな。何か既に帰る気満々だもんな。お疲《つか》れさん」

椅子の背もたれを利用して伸《の》びをしながら、磯部はヒラヒラと手を振《ふ》る。

特に理由を追及《ついきゅう》されないのは、今まで何度か誘《さそ》われても断ることが少なくなかったからだ。

向こうは俺のことを気分屋だと思っている可能性が高い。

まぁ事実、そうかもしれないが。

だが、今日は気分が乗らないから断ったわけではない。

その理由をわざわざ言うつもりもない。

言ってしまったら絶対に面倒《めんどう》なことになるだろうし。

俺は振り返ることなく、足早に会社を後にした。


夕方の電車の中は、朝とは違う混雑をしていた。

どうやら人身事故で、数本前まで電車が止まっていたらしい。

そのせいか、いつもの夕方より乗車率が高い。

朝の寿司《すし》詰《づ》め電車ほどではないが、前後左右の人と体が触《ふ》れる程度には人が多い。

社内は雑談をしている人が多く、それなりにザワザワとしていた。

出入り口近くのつり革に摑《つか》まりながら、壁《かべ》に貼《は》られた頭痛薬の広告をぼんやりと眺《なが》めていた、その時。

ゆらり、と車体が大きく左右に揺《ゆ》れた。

その衝撃《しょうげき》で前にいた中年男性の頭が俺の眼鏡に当たり、眼鏡が少しずれた。

すかさず片手で眼鏡を直すが、中年男性は俺の方を振り返る気配もなく、謝る素振りも見せない。

少しムッとするが、いちいち気にするほどでもない。

余計なことを言って、変なことに巻き込まれる可能性もある昨今。面倒なことに関わるのはまっぴらゴメンだ。

気を落ち着かせ、再び目の前の広告に視線を戻《もど》そうとしたのだが——。

(——ん?)

そこで俺は違和《いわ》感《かん》を覚えた。

常時なら見過ごしていた、ほんの些《さ》細《さい》な、そして根拠《こんきょ》のない違和感。

俺の眼鏡に頭《ず》突《つ》きした中年男性の前に、若い女の子が背を向けて立っている。

出入り口に手と体を密着させ、少し窮屈《きゅうくつ》そうな雰囲気を醸《かも》し出す彼女。

混雑時によく見る、何てことのない光景だ。

しかしガラス窓にうっすらと反射して見える彼女の表情が、少し強張《こわば》っているように見えたのだ。

(まさか——)

改めて頭突きをしてきた中年男性を見る。

何となくだが、その女の子との距離《きょり》が近い気がする。

混雑しているから互《たが》いの距離が近いのは仕方がないのだが、それでもこの違和感の正体は——。

(痴漢《ちかん》、か?)

だが、俺の位置からは中年男性の手までは見えない。中年男性の隣《となり》にいる大柄《おおがら》な男の体が、絶妙《ぜつみょう》な壁となっているのだ。

どうする?

……いや。

どうするも何も、ただの勘違《かんちが》いの可能性もある。その場合、俺がこの中年男性の社会的地位を終わらせることにもなりかねない。

逆上して暴力を振るわれる可能性だってある。

そうだ。このまま何も見なかったことにして——。

だが、そのタイミングで目が合ってしまった。

出入り口のガラスの窓越《ご》しに、女の子と。

やはり彼女の顔は強張っていた。そして、何か訴《うった》えかけているように見えてしまったのだ。

その時、なぜか脳裏《のうり》に浮《う》かんだのは、ぶっきらぼうに返事をする奏音の顔。

目の前の女の子も、奏音と同年代のように見える。

………………。

五秒か十秒か、はたまた三十秒か。

どれくらいの時間かはわからないが、俺は悩《なや》んだ。

時間が経《た》つにつれて、なぜかこのまま彼女を放っておけない気持ちが強くなる。

もし彼女が奏音だったら？

俺は躊躇《ちゅうちょ》することなく動いていただろう。

もう一度ガラス窓に目をやると、彼女は何かに耐《た》えるようにギュッと目を閉じていた。

これはもう、ほぼ痴漢で間違いない。

意を決し、中年男性の肩《かた》を掴んだ。

「――っ⁉」

大きく肩を震《ふる》わせ、俺の方を振り返る中年男性。

驚愕《きょうがく》に見開かれた目と俺の目が合う。

怯《おび》えた顔に見えるのは、まさかバレるとは思っていなかったからだろうか。

が、その時。

ガクン、と前につんのめるような形で電車が止まる。その揺れで倒《たお》れそうになり、俺は咄嗟《とっさ》に中年男性の肩から手を離《はな》してしまった。

しまった。駅に着いてしまったか！

間もなくドアが開くと、弾《はじ》かれるように女の子がホームに降りる。

続けて中年男性も逃《に》げるようにホームに降りた。俺もその後を追いかける。

だが、夕方の駅のホームは多くの人でごった返していた。

中年男性は人の波を簡単にすり抜《ぬ》け、あっという間にホームの向こうへと姿を消してしまう。

俺も慌《あわ》てて後を追おうとするが、ちょうど反対側のホームに到着《とうちゃく》した電車から水が流れるように多くの人が出てきてしまい、思うように進めなくなってしまった。

この人の多さでは、走って追うことなど到底《とうてい》できない。

「くそっ」

悔《くや》しさで思わず声が洩《も》れる。

逃がしてしまったか……。

しかしなんだよあの素早《すばや》さ。相当慣れているってことか？

そこではたと思い出す。女の子の存在を。

女の子はホームの真ん中で呆然《ぼうぜん》と立っていた。

その青い顔から察するに、やはりさっきの中年男性は『クロ』だったのだな、と確信した。

ショートパンツから伸びる健康的な太腿《ふともも》が眩《まぶ》しいが、だからといって当然触《さわ》っていいものではない。あのおっさんに対する嫌悪感《けんおかん》がさらに増す。

「その、大丈夫《だいじょうぶ》か？」

声をかけると、女の子はピクリと肩を震わせて振り返る。

「あっ!?　あ、は、はい」

「もしかしてだけど、触られてた？」

「触られて……ました……。本当に痴漢っているんですね……」

途端《とたん》に罪悪感の波が俺を襲う。

俺がちゃんと掴んでいたら、現行犯で駅員に突き出せていたかもしれないのに。

「あのおっさんの特徴《とくちょう》を駅員に言いに行くか？　証言くらいなら俺もできるが」

「えっ⁉　いえ、それは大丈夫です」

「でも――」

「あの、気付いてくれてありがとうございます。その、こういうの初めてなのでびっくりしちゃったんですけど……っ、次はちゃんと声を出しますから！」

「いや、次も被害《ひがい》に遭《あ》ったらダメだろう」

「そ、そうかもしれないですが……。あの、でも本当に駅員さんには言わなくて結構ですので！　本当に本当に大丈夫ですので！」

なぜか頑《かたく》なに拒否《きょひ》する女の子。

この子が良くても、これからこの駅を利用する他の女性にしてみればかなり良くない気もするのだが――。

とはいえ、無関係な俺がそこまで親切心を発揮する理由もない。

ここは彼女の要望通り、駅員に報《しら》せることはやめておくか。どうにもスッキリしないが。

「そこまで言うならわかった……。それじゃあ俺はこれで」

まぁ、あのおっさんに天罰《てんばつ》が下る時はいずれ来るだろう。後のことを神頼《かみだの》みにしたところで、俺はホームに並び直す。

当然だが、今のやり取りの間に俺が乗っていた電車は行ってしまっていた。次の電車を待たなければ。

というか早く家に帰らないと。奏音が待っていることをすっかり忘れていた。

「えっ、あの、もしかしてこの駅で降りる予定じゃなかったんですか？」

「そうだけど」

「じゃあ、ガラス越しに目が合ったの、気のせいじゃなかったんですね……。その、わざわざ私のために、ありがとうございました」

ペコリと頭を深く下げる女の子。肩まで伸びた髪《かみ》が、サラリと前に落ちる。

結局助けられなかったので礼を言われるほどではないのだが。

俺はなんとなく居心地が悪くなり、無意味に首筋を触ることしかできない。

「それで、あの、本当に図々《ずうずう》しいんですが、一つだけお願いがありまして……」

「何だ？　やっぱり駅員に言いに行く？」

「いえ、そうではなくて……」

そこで彼女は胸の前で手を合わせ——。

「その、今日だけでいいので、今晩泊《と》めてもらえないでしょうか……？」

潤《うる》んだ瞳《ひとみ》で、理解不能な頼みをしてきた。

「――――――はぁ？」

思わず俺は、おもいっきり顔をしかめてしまったのだった。

駅から出ると、空はすっかり薄暗《うすぐら》くなっていた。

帰宅を急ぐ俺の斜《なな》め後ろには、先ほどの女の子がちょこちょこと付いてきている。

結局あれから、上手《うま》いこと撒《ま》くことができなかったのだ。

俺の利用している駅は他の駅よりも利用者が少ないので、人混《ひとご》みを利用して去るという手は使えなかった。

途中《とちゅう》走ってもみたのだが、瞬発力《しゅんぱつりょく》はあっても持久力が続かず結局追いつかれてしまった。

大学生の時から運動らしい運動をしていなかったとはいえ、自分の体力の衰《おとろ》えに軽く絶望感を抱《いだ》いた。

こんなに走れなくなっているなんて。まあ最近、ちょっとだけ下腹も出てきたもんな……。少しずつおっさん化しているのをしみじみと感じる。

悲しい現実を振《ふ》り払《はら》うように、俺はもう一度彼女に振り返った。

「なぁ、やっぱり家に帰った方が――」

「それだけは絶対に嫌《いや》です」

彼女は表情を硬《かた》くして答える。

……めんどくさいな。

既《すで》に何回か同じようなことを言っていたのだが、彼女の返答は最初からまったく変わらない。

交番に連れて行こうとも思ったのだが、「痴漢されそうになった」「援交《えんこう》に誘《さそ》われた」「この人嘘《うそ》ついてます」などの虚言《きょげん》を吹聴《ふいちょう》された挙げ句、俺があらぬ疑いをかけられる状《じょう》況《きょう》が簡単に想像できたのでやめた。

今のところそういうことを言う雰囲気《ふんいき》は感じられないが、人は見た目ではわからないしな。いつ豹変《ひょうへん》してもおかしくはない。

俺と若い女の子。

どちらの言い分を警官が信じるのか、よく考えなくてもわかる。

日本社会はもっと男に優《やさ》しくしても罰《ばち》は当たらないと思うんだが、現実は非情だよな。

しかし困った。どうやって撒こうか。もう一度全速力で走ってみるか？

考えたその時、ポツリポツリと頭に冷たい感触《かんしょく》が走り、思わず空を見上げる。

そういえば、今日は夜から雨の予報だった……。

「……仮に聞くけど、俺と会っていなかったら今日はどうする予定だったんだ？」

ふと気になり聞いてみる。

「うーん。公園かどこかの橋の下で寝《ね》ようかなぁって」

あっけらかんと言い放つ彼女。

「他の奴《やつ》に声をかけるつもりじゃなかったと？　じゃあどうして、俺にはそんな頼みをしてくるんだ」

「だって、電車で目が合ったたし、助けようとしてくれたじゃないですか……。だからこの人は良い人だって直感が働きました。見た目も眼鏡かけてるから真面目《まじめ》そうだし」

「いや、それは眼鏡をかけている人間に対する偏見《へんけん》だって。眼鏡をかけた大人なんて、俺以外にも腐《くさ》るほどいるだろう。真面目も不真面目も関係ない。普通《ふつう》にクズな人間もいるし」

「そ、それは確かにそうかもしれないですが――。でも何というか、あなたは違《ちが》うなって感じたんです」

俺は小さくため息を吐《つ》く。

実に呑気《のんき》というか、甘いというか。

まあ、女子高生から「良い人そう」と言われて悪い気はしないけど、それはそれとして。

未成年の女の子が被害に遭った事件のニュースとか見ていないのか？　いつ事件に巻き込まれてもおかしくないのに、そういう考えにまったく思い至らないことに対しては少し目眩《めまい》がする。

「ちなみに年齢《ねんれい》は？」

「私？　16。高2です」

俺が高2の頃《ころ》はもう少し――いや、今は思い出すのはやめよう。

「高2で家出か。反抗期《はんこう》にしては少し遅《おそ》いな」

「そうかも……しれません。でも、ずっと耐《た》えてきて――もう我慢《がまん》できなくなっちゃいました……」

「何か言われ続けてたとか？」

「私にとって大切な物を、夢に繋《つな》がる物を――捨てられてしまいました……」

口元に自嘲《じちょう》的な笑《え》みを浮《う》かべて言う彼女。

その瞬間、なぜか心がざわつく。

胸の奥の方に仕舞《しま》っていた、触《ふ》れたくないものに触れられた気がして。

そのタイミングで、マンションの前に着いてしまった。

雨は肩《かた》を濡《ぬ》らすほどにはは強くなっている。

「あの、玄関《げんかん》でいいです。私、玄関で寝ます。だから今日一晩だけでも――」

「名前は？」

「へっ？」

「名前」

「え、えっと、ひまりです」

「じゃあひまり。今晩だけうちに泊まっていい。でも今晩だけだからな。そう、今晩だけだ。このまま雨が降る中外に放り出して、公園でびしょ濡れになりながら寝て肺炎《はいえん》にでもなったりしたら、俺の寝覚めが悪いから泊める。それ以外の理由はない。だから今晩だけだ」

　しつこいほどに『今晩だけ』を主張してしまったが、これで俺の言いたいことは間違いなく伝わるだろう。

　ひまりは面食《めんく》らった顔でしばらく固まっていたのだが、やがて花が咲《さ》いたような笑顔で勢い良くお辞儀《じぎ》をした。

「今晩だけでもいいです！　本当にありがとうございます！　助かります！　ええと、お名前は――」

「駒村だ」

俺の名前を聞いたひまりは、なぜかそこでふふっと小さく笑った。

「……何がおかしいんだ」

「いえ。やっぱり私の勘《かん》は当たっていたというか。駒村さんは良い人だなぁって」

たぶんこの時の俺は、生まれて初めてゴーヤを食べた時のような苦い顔をしていたと思う。


俺とひまりは、玄関に立ったまま石像のように身動きできないでいた。

今日この時ほど、自分の迂闊《うかつ》さに嫌気《いやけ》がさしたことはない。

どうして俺は、奏音とひまりがバッティングすることを考えなかったんだ……？

いや。今日一日、あまりにもイレギュラーなことが起こりすぎた。

だからところてんのように、押し出し式で朝の出来事を忘れても仕方がな——くはないかも、な……。

そもそも、一度駅で奏音のことは思い出しているわけだし。

奏音も俺たちと同じようにしばらく硬直《こうちょく》していたのだが、やがて怪訝《けげん》な顔で俺の目を見つめながら、ポツリとひと言。

「もしかして彼女？　………ロリコン？」

そのひと言は、思いのほか俺の心を抉《えぐ》った。

「違う、彼女じゃない。あと絶対にロリコンでもない」

だが追い打ちをかけるように、さらにひまりも口を開く。

「もしかして彼女さんと同棲《どうせい》しているんですか？　え？　でも制服だし……高校生？　え？　駒村さんて、そんな趣味《しゅみ》が……？　え？」

「だから彼女じゃない。いいか、二人とも落ち着いて聞いてくれ。お前らは俺の彼女じゃない。本当になりゆきで、仕方なく、何かこんな状況になってるだけだ。だから落ち着け。いいな？」

いや、俺が一番落ち着いてねえな。

でもロリコンだと疑われて落ち着いていられるか。

俺の好みは、黒色のストッキングが似合いそうで色気が漂《ただよ》っている大人の女性だ。甘やかしてくれそうな雰囲気を出してたらなお最高。

でも二人はまったく真逆だ。

いや、若さが嫌《きら》いな要素かと言えばまったくそういうことはなく——って違う！　俺は何を考えてるんだ？

そもそもどうしてこんな、浮気《うわき》がバレてしまった男の修羅場《しゅらば》みたいな状況になっているんだ。

ていうかなぜ、俺は焦《あせ》っている。

……ああもう、よくわからん。

「とりあえず中で説明して……？」

俺が本気で困惑《こんわく》しているのが通じたのかはわからんが、奏音が少し呆《あき》れながら家の中に入るように促《うなが》す。

俺が家主なのに、この瞬間だけ奏音と立場が逆転しているような錯覚《さっかく》を覚えたのだった。

「…………………」

朝からの経緯《けいい》の説明を終えると、狭《せま》いダイニングキッチンに静寂《せいじゃく》が下りた。

ちなみに三人分の椅子《いす》がないから全員立ったままだ。

自分の家なのに立ったまま他人と会話するというのは、なかなか変な感じがする。

「つまり私のこと、忘れてたと」

奏音がむくれながらぼそりと呟《つぶや》く。

「その、本当にすまん……」

こればかりは謝るほかなかった。

自分の存在を忘れていたと言われて、良い気分になる奴なんていないだろう。
しかも、奏音は今朝来たばかり。
彼女にしてみれば、まったく違う環境《かんきょう》に飛び込んだ初日なのだ。
まあ、俺にとっても初日なのだが……。
それなのに従兄《いとこ》から「忘れていた」なんて言われたら、怒《おこ》りたくもなるだろう。
「あの……すみません……。私、やっぱり——」
居心地が悪くなったのか、ひまりが静かに後退《あとずさ》りを始めた、その時。
ぐうううううううう。
キッチンに響《ひび》く、とても大きな腹の音。
音の主はすぐにわかった。奏音が顔を真っ赤にさせて俯《うつむ》いたからだ。
そういえば腹が減ったな……と、俺も自分の空腹を思い出したのだった。
「お……お腹《なか》減ったんだけど……」
俯いたまま、ぽそりと不機嫌《ふきげん》な声で言う奏音。
彼女の言葉に、「あ」と小さく声を発していた。
買い物をするのをすっかり忘れていたのだ。
それもこれもひまりのせいなのだが、言い訳はするつもりはない。

朝の時点で、家にまともな食料がないのはわかりきっていたことだ。

「すまん。ゴタゴタで買い物をするのを完全に忘れていた……。今からピザを頼《たの》むつもりだが、晩ご飯はそれでいいか？」

「いいも何も、ご飯がないならそうするしかないじゃん。それか今から買い物に行くかだけど——。この近く、スーパーもコンビニもないよね？」

そう。この近辺は完全に住宅街で、一番近い所にあるコンビニまで徒歩で片道二十分はかかる。

つまり、往復で四十分。

それゆえに家賃も比較的《ひかくてき》安く、弟が出て行った後も俺は1LDKのマンションに住み続けているわけなのだが。

「雨も強くなってきたし、正直に言うと外に出るのは面倒《めんどう》かも……。あとさっき冷蔵庫の中を見たんだけど、料理できそうな食材もほとんどないし」

「え……冷蔵庫の中を見たのか？」

「だって帰ってくるの遅かったし。お腹減ったから何か作っておこうかなと思って」

「それは……本当にすまなかった」

「すみません……」

俺に続いてひまりも謝罪する。

「もう謝るのはいいからさ……。まず何か食べたい。早く注文しよ」

奏音のひと声で、俺は取っておいたピザのチラシを持ってきて広げる。

いつもはポストに入っていてもすぐに捨てるのだが、一枚くらいは取っておいてもいいか――とちょうど一週間前に保管していたのだ。

自分のファインプレーを褒《ほ》めたい。

「私、ピザって初めて頼むかも……」

奏音の呟きに、思わず俺は彼女を凝視《ぎょうし》していた。

「マジで？　一回も……？」

「うん」

そうか。まあ確かに、女性の二人暮らしでピザを頼むという状況《じょうきょう》にはなかなかならんか。

「じゃあ、初めてのピザ記念に奏音が好きなのを選べ」

「……ありがと」

そして奏音が選んだのは、人気の味が一度に楽しめるという、一番高いデラックスピザだった。

こいつ、サラリーマンの財力を過信しすぎてないか？

俺ですら初めて注文するわこんなの。

リビングに移動して、改めて簡単に自己紹介《しょうかい》をしてからピザを待つ。

朝、ダイニングの椅子に置いたままだった奏音の荷物は、ソファの脇《わき》に無造作に置かれていた。

荷物の横で体育座りをする奏音。スカートの中が見えそうだったので、俺は慌《あわ》てて目を逸《そ》らしソファに座った。

もっと気をつけて欲しいのだが、まだそれを指摘《してき》できるほどの関係ではない気がしたので今はやめておく。

「えっと、ひまりちゃんだっけ？」

奏音が名前を呼ぶと、彼女と向かい合うようにして正座で座っていたひまりは、ビクリと肩《かた》を震《ふる》わせた。

「あ、は、はいっ」

「何で家出してきたの？」

清々《すがすが》しいほどに直球だ。これが女子高生の会話力というものか。

「ええと、その、私には夢があるんですけど、両親がそれに猛反対《もうはんたい》していて。でもずっと聞き流していたんです。それが原因で中学の時から両親と折り合いが悪くて……」

そういえば、夢に繋《つな》がる道具を捨てられたとか言っていたな。

「そして来年は大学受験です。両親は私にその道はやめて欲しいと思っているみたいで、でも私はそれは嫌《いや》で……。とにかく無視して夢に向けて頑張《がんば》っていたんですけど――」

「ちなみにどんな夢なの？」

「えっ？　えっと……その、イラストレーター、です……」

囁《ささや》くように呟いてから、恥《は》ずかしそうに俯くひまり。

奏音は「よくわからないけど凄《すご》いじゃん」という顔をしている。

俺も奏音と同じ気持ちだ。ただ、安定はしていない仕事だろうな、というのは何となくわかる。

「と、とにかくずっと両親にその夢を良く思われていなくて――今まで私が集めた道具などを勝手に捨てられてしまったんです。絵の具や筆のアナログ道具だけでなく、ペンタブまで……」

「勝手に捨てられたの？　え、さすがに酷《ひど》いじゃん！」

確かにいくら親とはいえ、子供の持ち物を勝手に捨てるのは問題があるな。

夫婦《ふうふ》なら離婚《りこん》の原因にもなるくらいのことだ。ネットで見たことがある。

「本当に、突然《とつぜん》のことで――。それで私、ついに我慢《がまん》できなくなって――家を出てきました」

「なるほど……。で、当てもなくフラフラしていたと」

「ほ、本当は自分で部屋を借りるつもりだったんです！　今まで貯《た》めていたお年玉も結構あったので！　一人でちゃんとできるところを見せようと――。だから不動産会社にも行ったんですけど、未成年は親の許可がいるって言われてしまって……」

「あぁー……」

ひまりはおとなしそうに見えるが、行動力はかなりあるタイプらしい。

それでも、肝心《かんじん》な部分が抜《ぬ》けているというか、残念というか。

「それで落胆《らくたん》して、しばらくホテルに泊まっていたんです。でもあっという間にお金がなくなってしまって――。これからどうしようと電車に乗っていたら――」

「俺と会ったわけか」

ひまりはコクリと頷《うなず》く。

「ひまりはこれからどうするの？」

「えっ？」

再び直球な奏音の質問。俺が言いたいことでもあったので、ある意味助かる。

「行く所ないんでしょ？　家に帰る？」

「そ、それは絶対に嫌です……」

「でも未成年だしな。いくら親が嫌でも、やっぱり帰った方がいいんじゃないか？」

「それは、わかってます。自分が子供だってことくらい……。一人で部屋を借りられないことも知らなかったくらいですから」

俺に対してか、それとも自分に対する憤《いきどお》りか。ひまりはぷくっと頬《ほお》を膨《ふく》らませる。

そういうところがまだまだ子供だと思うのだが、言ってしまうとさらに機嫌《きげん》を損《そこ》ねそうだったので黙《だま》っておく。

「でも、やっぱり今は帰りたくないです……。どうしても足が家に向きません……。家のことを考えると、本当に苦しくて……」

「ならさぁ、しばらくここにいれば？」

「え？」

「なっ――――!?」

奏音の言葉に、ひまり以上に俺が驚《おどろ》いてしまった。

「いや、何を勝手なことを言ってるんだ？」

「んでも、連れて帰ってきたのはそっちでしょ？」

「確かにそうだけど……この雨の中、外で一晩過ごさせるのは可哀想《かわいそう》だと思っただけで――」

「警察にはそういう言い訳も通用しないんじゃない？」

「ぐっ――!?」

確かに奏音の言う通りだ。

どういう事情があるにしろ、俺が未成年を家に連れて来たことは事実。

それは今のご時世、立派な犯罪になってしまうことである。

「捜索《そうさく》願いが出されていて、もし警察に見つかってしまったら、俺は――」

考えたくなかったことを考えてしまう。ゾワゾワとした冷えた感覚が、瞬時《しゅんじ》に全身に広がった。

「あ、それは大丈夫《だいじょうぶ》だと思います。うちの家、そういう体面をものすごく気にするので……。私が家出したことを世間に知られるなんて、両親は耐《た》えられないと思います」

「いや、どういう家庭なんだ……」

「それは……そこまでは、すみません……」

苦しそうに目を伏《ふ》せるひまり。

もしかして良い所のお嬢《じょう》さん――政治家の娘《むすめ》とかだったりするのだろうか。

だとしたら益々《ますます》ヤバい気がするのだが。

俺、本当に大丈夫か？

「と、とにかく。ニュースになる事態にはまずならないかと」

「そしたらやっぱり、ここにいればいいじゃん」

だから、どうして奏音が勝手にそれを決めるんだ。ここは俺の家だぞ。

さすがに文句を言ってやろうかと口を開きかけたその時、奏音が先に言葉を発した。

「私、今まで男の人と一緒《いっしょ》に暮らしたことがないからさ……。たぶんひまりがいた方が安心できるし、嬉《うれ》しい……」

おそらく、その言葉は奏音の本心なのだろう。

俺の方を見ないのは、申し訳なさを感じているからか。

俺は開きかけていた口を再び閉じざるをえなかった。

奏音の家はずっとシングルマザーで、叔母《おば》さんは再婚もしていない。

つまり、家の中に男がいる生活を経験したことがない。

それなのに、これまでほとんど会ったことがないアラサーの従兄《いとこ》と二人で暮らすことになった。

奏音にしてみれば、あまりにも劇的な環境《かんきょう》の変化だ。

彼女が不安になっていたことを、俺はこの時初めて感じたのだった。

少し考えれば、容易に想像できたことなのに。

朝の冷たい態度もそれゆえのことだったのか。

何の因果か、奏音とひまりは同い年。

ここは奏音のためにも、ひまりを家に置いてやった方がいいのか？

「お前らの気持ちはわかった。でもなぁ……もしバレたら俺が……」

「そこは当然、絶対バレないように超協力《ちょうきょうりょく》するし」

「わ、私もです！」

前のめりになる二人。

俺は思わず眉間《みけん》を押さえる。

しかし、この一瞬で全員が納得《なっとく》する具体的な解決案が出てくるはずもなく——。

「……………まぁ、二人がそこまで言うなら、仕方ねぇか……」

俺の返答に顔を輝《かがや》かせ、微笑《ほほえ》み合う二人。

やはり同い年だけあって、打ち解けるのが早い。

「安心してください。絶対に駒村さんを犯罪者にはさせませんので！」

そう言われて素直《すなお》に安心できる大人がいたら、そいつは相当脳天気な奴《やつ》かただの阿呆《あほう》だろう。

だが俺は、どうやら阿呆になってしまったらしい。

まぁ、一緒に暮らす人間が一人から二人になったところで、そんなに変わらんか……。変わらんと思いたい。

でもほんの少し、心の隅《すみ》の方でほんの少しだけ、ワクワクしている自分がいるのも事実だった。

女子高生二人と一緒に暮らす――。

仮に弟がここにいたら「どこのエロゲだよ！」とツッコミを入れられている状況《じょうきょう》だ。

平凡《へいぼん》だった生活が、これからガラリと変わっていく予感しかなかった。

こうして俺の部屋で、二人の女子高生との奇妙《きみょう》な共同生活が始まったのだった。

第2話　就寝前《しゅうしん》のＪＫ

ピザを待つ間、奏音《かのん》が俺に一枚の紙を渡《わた》してきた。

学校のプリントかと思ったのだが、ルーズリーフに手書きの文字で数行にわたり何かが書かれている。

女子高生らしい丸文字かと思いきや、案外しっかりした丁寧《ていねい》な文字で見た目とのギャップを感じた。

「これは？」

「家に置いて欲しい物のリストを書いた。帰ってくるまで暇《ひま》だったから、部屋の中を見て回ったんだよね。色々と足りないなって」

奏音の言葉に一瞬ドキリとする。

……いや。女子高生に見られてまずい物は置いていないはずだ。落ち着け。

「あ。さすがにクローゼットの中とか、プライベートな所は見てないから。外から見える範囲《はんい》だけ。いやぁ、エロ本とかそこらに適当に置いてあると思ったんだけど、さすがにそれはなかったね」

俺の心を読んだかのようにニヤリと答える奏音。

何てことを言うんだ。

お前は子供部屋を勝手に掃除《そうじ》する母親か？

ひまりは『エロ本』という単語に照れてしまったのか、顔を赤くしながら下を向いている。

これでは俺がセクハラしたみたいじゃないか。やめてくれ。

まあ今の時代そういうのはネットで事足りているので、クローゼットの中だろうがベッドの下だろうが、見られても平気なんだけどな？

「冗談《じょうだん》は置いといて。正直に言うと、男の一人暮らしってここまで雑なんだなって」

「雑？」

「たとえばあれ」

そう言って奏音が指差したのは、リビングのカーテン。

「紺色《こんいろ》で落ち着いた雰囲気《ふんいき》だと思っているが」

「違《ちが》うよ。色のことを言っているわけじゃない。一枚しかないでしょ？　レースカーテンがないじゃん」

「遮光《しゃこう》カーテンだし、別に必要ないと思ったから付けていないだけだ」

こういうインテリアにはあまり興味がないので、そこにお金をかけたくないという理由もある。

会社で経理部所属の俺としては、無駄《むだ》な出費はできるだけしたくない主義だ。

だが俺の返答に奏音は少しムッとした。

「昼間もカーテンは閉めっぱなし？」

「いや、開けている。太陽光は大切だ」

「じゃあ外から丸見えじゃん」

「そうか？　ここはマンションの三階だし——」

「たぶん、向かいのマンションからは見えてるよ」

マジか。

俺は思わずカーテンを開き外を見る。

だが、見えるのは夜の闇《やみ》に反射する自分の姿と、雨による無数の水滴《すいてき》。

窓に顔を近付けると、ようやく外の様子が見えた。

奏音の言う向かいのマンションを見てみるが、カーテンの隙間《すきま》から洩《も》れる光が見えるだけで、ここからは中が見える部屋はない。

「夜にカーテンをしていないと外から丸見えなのはわかると思うけど、昼間もカーテンがないと見えるんだよ。うちの向かいのアパートのおじさんが、毎朝筋トレしてるの見えてたし。でもレースカーテンがあるだけで全然違うの。アレ、薄《うす》いけどちゃんと役立ってる」

「そうなのか……」

正直なところ、今までの人生で『外から家の中が見えている可能性』を特に気にしたことがなかった。

だがこれから女子高生二人と一緒に暮らすとなると、そこは無視できないだろう。早急に用意する必要がある。

しかし、雑、か………。

奏音の言葉が自分の中に染《し》み込んでいくのを感じる。

いや。一般《いっぱん》的な一人暮らしのサラリーマンの感覚はこんなものだろ。

気を取り直して奏音が書いたリストに目を落とすと、『レースカーテン』の下には『ほうこう剤』とある。

これは芳香剤《ほうこうざい》か。漢字がわからなかったのだろうな。

「部屋はそうでもないんだけど、玄関《げんかん》が何かにおうんだよね」

「…………」

俺にとって殺傷力がありすぎる言葉だった。

だから今朝、奏音は家に入った瞬間《しゅんかん》顔をしかめたのか……。

まあ確かに体は毎日洗っているが、靴《くつ》まで洗っているわけではない。

ということは、ひまりもそう思ったってことか？　今日だけでなく、宅配業者が来た時とかも？

……………これも対策しないとな。

それにしても、臭《にお》いについての言及《げんきゅう》はなかなか心にダメージを負うものだということを学んだ。

自分では気付かない部分だからか。

そして次の行に書かれていたのは『掃除ブラシ』。

何のブラシだ？　トイレには置いてあるのだが。

「それね。お風呂《ふろ》を洗う洗剤《せんざい》はあるけど、ブラシが置いてなかったから」

「風呂はシャワーで済ませている。シャワーが済んだ後に洗剤を吹《ふ》き付け、泡《あわ》を流して掃除は終了《しゅうりょう》だ」

水道料金を考えると、毎日浴槽《よくそう》に湯を溜《た》めるのがもったいないという意識がある。

時間効率的に、自分が使った直後に洗うのが一番良いという結論に至った。

「たぶん、少しはブラシで擦《こす》った方がいいよ。でないとぬめりが残るから」

「……そうか」

そこも容赦《ようしゃ》なく切り込まれてしまった。

「それで次なんだけど——どうしたの？　私の顔に何か付いてる？」

思わず奏音の顔を見つめていたら、怪訝《けげん》な顔をされてしまった。

「いや、しっかりしているなと思って」

「そ、そんなことないし。これくらい普通《ふつう》だし」

特に奏音はひまりと比べても『軽い』印象の容姿をしているだけに、ここまで家庭的な面を出されるのが意外だったのだ。

……よく考えてみたら、ずっと叔母《おば》さんと二人暮らしだったわけだもんな。しっかりせざるをえないか。

「ううん、私も奏音ちゃんはしっかりしてると思う。私だったら気付かないことばかり……すごいよ」

「ひ、ひまりまで。やめてよー……」

奏音はひまりの腕《うで》を摑《つか》み、なぜか揺《ゆ》さぶり始めた。

「雑な照《て》れ隠《かく》しだな」

俺のひと言に、赤い顔のままキッと睨《にら》んで来る奏音。

これくらいはやり返しても罰《ばち》は当たらないだろう。

…………いや、子供か俺は。

女子高生と張り合ってどうする。

そのタイミングでインターホンが鳴った。

どうやらピザ屋が来たみたいだ。

奏音の顔が一瞬《いっしゅん》ぱあっと明るくなるが、俺と目が合った瞬間むくれながら横を向いた。

しばらく触《ふ》れるのはやめておいた方が良さそうだな。

俺は鞄《かばん》から財布《さいふ》を取り出し、玄関へと向かう。

そういえばピザを頼《たの》むのって、弟が出て行ってから初めてだ。一人で食べるには高いんだよなピザ……。

久々の出費に、でもどこか心が弾《はず》んでいる自分もいた。


Lサイズのデラックスピザはすぐになくなった。

奏音とひまりは満足したようだが、俺は正直なところピザだけでは物足りなかったので、おまけで付けてくれていたポテトの存在がありがたかった。

奏音とひまり用に、ペットボトルのウーロン茶も三本ずつ購入《こうにゅう》した。

うちに置いてある発泡酒《はっぽうしゅ》以外の飲料が、水しかなかったからだ。

おかげで結構な出費になってしまった。

宅配の飲料って高いんだよな……。

俺は自分で紅茶やコーヒーを作って飲むといった習慣がないので、その辺りの飲料も後々買った方がいいのか？

二人は毎日、何を飲んでいるのだろうか。後で聞いてみるか。

それにしても、普段は全く意識していなかった自分の生活のことを、この短時間で色々と考えさせられた。

これが他人と一緒《いっしょ》に暮らすということか……。

そんなことを考えながら、冷蔵庫から取り出した発泡酒をいっきに半分ほど飲み干した。

やはり冷えた発泡酒の方が美味《うま》い。

ピザを食べ終えて少ししてから、先にひまりを風呂に入れた。

といっても、浴槽に湯は溜めていない。申し訳ないが「今日はシャワーで」ということは伝えている。

風呂に湯を張るのは、奏音がリクエストした浴槽用の掃除ブラシを買ってからの方が良いだろうと思ったからだ。

ひまりを待っている間、奏音は自分の荷物をゴソゴソと整理していた。

「そうだ。服はここに入れてくれ。下から二段目を使ってくれていい」

俺の部屋兼寝室《けんしんしつ》のチェストの引き出しを開けながら奏音に説明する。

元々は弟が使っていた所だが、今は何も入っていない。一番下も空いているので、そこはひまり用にしよう。

奏音は頷《うなず》くと、早速《さっそく》持ってきていた衣類を移し始めた。

「お風呂上がりましたー」

そのタイミングでひまりが髪《かみ》を拭《ふ》きながら洗面所から出てきたのだが、先ほど着ていた服のままだった。

違うのは髪が濡《ぬ》れているところだけ。

そういえば女性の髪が濡れている姿は、中学生の時にプールで見た時以来だ。

変な意味はないが、何か……つい目が惹《ひ》かれるな……。

「ひまり、それで寝《ね》るの？」

奏音が聞くと、ひまりは困ったように笑う。

「寝間着を持ってくるの忘れてまして……。あとは学校の制服しかないし……」

ひまりの荷物は奏音と同じくらい少ない。

突発的《とっぱつ》な家出だったみたいだし、着替《きが》えをたくさん持ってくる余裕《よゆう》なんてなかったことは想像がつく。

「私の服を貸してあげる——って言いたいところだけど、ひまりって私より背が高いから入るかなぁ。ちなみに普段着ているサイズは？」

「Mだけど、物によってはLもあるかな」

「うあ、マジで。私Sサイズなんだよね……」

「あぁー……。Sはちょっときついかも……」

眉《まゆ》をハの字にする二人を後目《しりめ》に、俺は寝室のクローゼットに向かう。

確か、去年一回しか着ていないTシャツがあったはず。

ほどなくして目当ての物は見つかった。

リビングに戻《もど》り、早速ひまりにそれを渡《わた》す。

「とりあえず俺のだが、今日はこれを着ておけ。去年一回しか着ていないやつだ。あぁ、ちゃんと洗っているから、そこは安心してくれ」

「えっ。良いのですか？」

「その服を着たままだと洗濯《せんたく》ができないだろう」

「あ、ありがとうございます」

ひまりはTシャツを受け取ると洗面所に向かう。

多少大きいだろうが、今日寝るだけなら問題ないだろう。

大は小を兼《か》ねると言うし。

買う物リストに、ひまりの服も追加しておかないといけないな。

奏音は――服はいるのか？

そういえばいつまでうちにいる予定なのか、そのあたりは全然わからない。叔母さんが帰ってくるかどうかだしな。

まあ奏音の服は、足りなくなったら家に取りに帰ってもらおう。

生活用品に加え、二人分の服まで新調するのは、俺の財布的にも少しつらい。

頭の中で買う物の整理をしたところで、再びひまりが洗面所から出てきた――のだが、やけにモジモジとしている。

その理由は言わずとも知れた。

「ちょ、ひまり！　何かエロいってそれは！」

うろたえる奏音。

俺のTシャツは完全にミニスカートになっていたのだ。

ひまりはTシャツの裾《すそ》を手でひっぱり、長い生足を少しでも隠そうとしている。大きさ的にもう少し隠せる部分が多いと思っていたのだが、残念なことに予想が外れてしまった。

少しだけドキッとしてしまった自分が悔《くや》しい。

……落ち着け。相手は子供だ。

「あ、大丈夫《だいじょうぶ》です。さっきのショートパンツよりも長いですし……」

「でもその下、ショートパンツじゃなくて下着でしょ？」

「は、はい……」

俺の方を振《ふ》り返り、キッと睨む奏音。

その目は「これが目的だったでしょ？」と語っている。

激しい誤解だ。そんな下心は完全に持ち合わせていなかった。

でもまあ、目は向いてしまうよな。不可抗力《ふかこうりょく》ながら。

それを馬鹿《ばか》正直に言うつもりは当然ないが。

誤解を解くには、ここは言葉より行動だろう。

俺はもう一度クローゼットに向かい、昨年の秋から使っていなかったジャージを取り出してひまりに渡す。

「たぶん大きいと思うが、一応試《ため》してみてくれ」

コクリと頷き、三度《みたび》洗面所に向かうひまり。

そして出てきたひまりは、今度はジャージがずり落ちないようにウエスト部分を支えながら出てきた。

足元の部分は完全に余っている。

ズリズリと引き摺《ず》るように歩き出したひまりだが——

「あぶっ⁉」

裾を踏《ふ》んでこけてしまった。

その拍子《ひょうし》にTシャツがめくれ、白い下着に覆《おお》われた形の良いお尻《しり》が露《あら》わになってしまう。

咄嗟《とっさ》に目を逸《そ》らすが、ひまりの柔《やわ》らかそうなお尻はしっかりと目に焼き付いてしまった。

あの尻は…………ふむ。痴漢《ちかん》、許すまじ。

「…………やっぱりジャージは脱《ぬ》いだ方が良いかもね。危ないし」

ひまりのこけ方があまりにもドジだったせいか、さすがに奏音も少し呆《あき》れ気味に呟《つぶや》く。

「うぅ……そうします……」

落ち込むひまりと入れ替《か》わるようにして、今度は奏音がシャワーを浴びに向かうのだった。

奏音がシャワーを浴びている間、ひまりはドライヤーで髪を乾《かわ》かす。

「ひまりは、夢を諦《あきら》めたくないから家を出てきたわけだよな」

「え!? あ、はい。そうです」

ドライヤーの音に負けないよう、大きな声で答えるひまり。

「その『諦めたくない』の具体的な方法は考えているのか?」

「そ、それは……」

ひまりはそこで押し黙《だま》る。

ドライヤーの音だけがしばらく部屋に響《ひび》く。

ひまりは部屋を借りようとしていた。結局失敗に終わったが、俺はその先を知りたいと思ってしまったのだ。

この気持ちはただの野次馬根性《こんじょう》か、それとも興味なのかは自分でもわからない。

「じゃあ、仮に住む家やお金の問題がなかったとしたら、どうしたいんだ?」

「もし、そうだったら……賞に応募《おうぼ》したいです。スカウトされるのを待つより、自分から動いていきたい」

「そうか……」

静かに紡《つむ》がれた言葉だったが、そこには揺《ゆ》るぎない決意が込《こ》められているのを感じた。

ドライヤーの音が冷風のものに変わる。

ひまりは目を閉じ、自分の顔に風を当て始めた。風に煽《あお》られ、顔周辺の髪が激しく揺れる。

自分の短髪《たんぱつ》ではできないことだからか、女性の髪が風に靡《なび》く様子にふと目を奪《うば》われてしまう。

奏音が洗面所から出てきたのは、ひまりがドライヤーを切った直後だった。

ゆったりとしたスウェット姿は、制服姿とのギャップが激しい。

しかし俺のと似たようなスウェットなのだが、女子高生が着ると全然別の物に見えてしまうのはなぜなのか。

「そういやさっきのリストには書いてなかったんだけど、シャンプーとリンスも買っていいかな？」

タオルで髪をわしゃわしゃと拭きながら言う奏音。

俺は無言で頷く。

やはりアラサーの男が使っているシャンプーは、女子高生には受け入れがたいものがあるのだろう。

リンスに関してはそもそも置いていない。

「あのシャンプーめっちゃスースーする。ミントを頭に塗《ぬ》ってる感じ」

「その清涼感《せいりょうかん》が気持ち良いんだろ。毛穴に効いてる気がするし」

「…………」

なぜかジト目で睨《にら》まれてしまった。

女子高生との会話は難しいものだ。


就寝《しゅうしん》時間。

俺は自分の部屋のベッドで寝て、女子二人はリビングで寝ることになった。

奏音がソファの上で、ひまりが床《ゆか》。

ソファで寝るのは毎日交代でということになった。

ただ、布団《ふとん》が足りない。

床で寝るひまりに敷《し》き布団、ソファで寝る奏音には掛《か》け布団を渡したが、ひまりも体に掛けるものがないと風邪《かぜ》を引くかもしれないので、俺の掛け布団を渡した。

そういうわけで、俺の今日の掛け布団は薄《うす》いタオルケットだけだ。

雨のせいか少しだけ冷えるが、冬ではないから凍《こご》えることはないだろう。

まぁ、明日は休みだ。奏音に言われた物を含《ふく》め、色々と買いに行こう。

部屋の電気を消してベッドに寝転《ねころ》がると、睡魔《すいま》が一気に襲《おそ》ってきた。

本当に今日は、濃《こ》い一日だったな……。

ウトウトとしだしたところで、リビングから二人の声が聞こえてきた。

「わ。ひまりの学校の制服超可愛《ちょうかわい》いじゃん!?」

「そ、そうかな。奏音ちゃんの所のブレザーも可愛いよ。色が好きだな」

「ねえ。明日さぁ、ひまりの制服ちょっと着てみてもいい？」

「うん。いいよ」

「えへへ。ありがとー」

そんな女子高生たちの会話を聞きながら、次第《しだい》に俺の意識は遠のいていった。

第3話　家事とＪＫ

ダイニングキッチンのテーブルの上には、昨日の宅配で買ったペットボトルのウーロン茶と、目玉焼きが三人分並んでいる。

絶妙《ぜつみょう》な焦《こ》げ目《め》が付いた目玉焼きは、奏音《かのん》が焼いたものだ。

俺が起きた時には（少し寝坊《ねぼう》した）既《すで》に皿の上に用意されていた。

立ったままその目玉焼きを囲みながら、俺たちは朝からギスギスした空気を醸《かも》し出していた。

「お前ら正気か？　目玉焼きには醬油《しょうゆ》だろうが」

「いやいやいや、何言ってんの。ケチャップが一番に決まってんじゃん」

「塩です。塩以外認めません」

全員の主張は見事に交わらない。

緊張感《きんちょうかん》がさらに高まる。

それはまるで国連会議のごとく。

「日本人に生まれたからには料理に醬油は必須《ひっす》だろうが？　この絶妙なしょっぱさが味気

ない白身に染《し》み込んだ美味《うま》さ……。それがわからんとは、子供だなお前ら」

「はいダウトー。その白身に一番合うのはケチャップですからー？　何なら黄身にも合うしー？」

「絶対に塩です。シンプルイズベスト。これ以上ないくらい目玉焼きには塩の方が合います！　何より塩をかけた時が、一番目玉焼きがきれいです！」

「いや、キレイさで言ったらそれこそケチャップっしょ？　白と黄色に赤色が加わるんだよ？　見た目的にも完全勝利じゃん」

「白と黄色に黒。これこそ芸術的な配色。言うなれば究極形態だ」

見えない火花をバチバチと散らす俺たち。

いや、非常にくだらんことで言い争っているのは自分でもわかっている。

だがくだらんとわかっていても、人間には主張をしないといけない時がある。

それが今だ。

五秒ほど沈黙《ちんもく》が続いたのち、場の空気を和《なご》ませるかのように電子レンジがピーッと鳴った。

どうやら食パンが焼けたらしい。

俺は静かにその場を離《はな》れ、焼き上がった二枚の食パンを皿に移す。

続けてまだ柔らかい食パンを一枚、電子レンジの中に入れて『トースト』のスイッチを押す。

トースト機能がある便利な電子レンジだが、一回で焼けるのは二枚だ。

「ほら、先に食え」

焼けた食パンをテーブルに並べると、渋々《しぶしぶ》といった様子で二人は椅子《いす》に座る。

ひとまず今朝の静かな戦争は終わりを告げた。とはいっても一時休戦なだけの気もするが。

冷蔵庫から取り出したマーガリンをテーブルに置くと、奏音が「ひまりから塗って」とバターナイフを彼女に渡《わた》した。

「あ、ありがと。じゃあ先にいただきます」

ひまりは早速《さっそく》バターナイフでマーガリンを取ったのだが——。

「おまっ——？　縦に突《つ》き刺《さ》すなよ？」

「へっ？」

あろうことか、ひまりはバターナイフを縦に突き刺し、抉《えぐ》るようにマーガリンを取ったのだ。

化石を掘《ほ》るかの如《ごと》く、丁寧《ていねい》に丁寧にマーガリンの表面を薄く削《けず》っていく派の俺からしたら、信じられない暴挙だった。

「マーガリンは上から使うものだろう？」

「そうですか？　うちでは端《はし》から縦に使っていたのですが……」

「あ、うちもうちもー」

まさかの奏音の援護《えんご》に俺は凍《こお》りつく。

「なんだと……。お前ら、それ世間では絶対に少数派だからな？」

「えー、そうかなぁ？」

「まあ仮にそうだとしても、ここでは私とひまりで多数派だから」

そう言うと、ひまりからバターナイフを受け取った奏音は、マーガリンを縦にグッサリ。

「だから！　俺のマーガリンに穴を空けるな！」

残念ながら、俺の主張は女子高生二人に聞き入れられることはなかった。

食パンが焼けた後、二人に空けられた穴を埋《う》めるように俺はマーガリンの表面を念入りに撫《な》でる。

くそっ。穴が全然埋まらねえっ……！

椅子が二脚《きゃく》しかないので、俺は立ったまま食べていた。

行儀《ぎょうぎ》が悪いのは承知だが仕方がない。

奏音が焼いた目玉焼きは、焼き加減が絶妙で俺好みだった。

自分で焼くと、つい焼きすぎて裏が焦げてしまうんだよな。

目玉焼きは黄身が完全に固まっている方が好きだ。その方が腹に溜《た》まるから。

醤油を全体的に回しかけ、箸《はし》で白身の部分を一口サイズに切り分ける。

そして醤油がかかっていない部分を皿に溜まった醤油に浸《つ》けてから、一口。

……うん。やはり目玉焼きには醤油だな。

奏音とひまりの方をチラリと見ると、それぞれケチャップと塩で食べていた。

ちなみに昔見た映画を真似《まね》て、目玉焼きをトーストの上にのせて食べる——ということをやったことがあるのだが、味気なさすぎて失望したことがある。

ので、今回は提案しなかった。

やはり目玉焼きには醤油をかけた方が良い。

パン食なのに箸も使うという奇妙《きみょう》な食事風景だが、別に俺は気にならない。

しかし改めて考えてみるが、トーストに目玉焼きだけという朝食ってかなり質素だよな。

女子高生的にはアリだったのだろうか。

まぁ、考えたところでそれ以外の食料がないわけだが。

「なぁ……。俺は朝食はかなり雑に済ましてしまう方なんだが、インスタントの味噌汁《みそしる》くらいは用意した方が良いか？」

ふと気になり聞いてみる。

あと、ご飯派かパン派かも気にした方が良いのだろうか。俺はパン派だけど。

「え。お味噌汁ってインスタントで作る物なの？」

「え。インスタントで十分じゃないのか？」

箸を止め、互《たが》いに目を丸くする奏音と俺。

「いや、お味噌汁をインスタントとかお金もったいなさすぎ。まさか昨日のピザみたいに、毎回ご飯にあんなお金かけてんの？」

「そんなわけあるか！　さすがに破産するわ。味噌汁って一人暮らしで作っても余るだろ。だからインスタントでちょうど良いかなって」

自炊《じすい》はまったくしないわけではないが、ああいう汁物系は量の加減が難しい。

余った味噌汁を次の日に食べようとしたことがあるのだが、暑い季節だったせいか、明らかに臭《にお》いがおかしくてぬめっていた時がある。

それ以来、食べきれない量のご飯を作るのは止めた。

「確かに一人ではインスタントで十分かもしんないけど、三人になったわけだし。味噌汁くらい私が作るけど？　ていうか、料理全般《ぜんぱん》作るけど」

「え……。本当にいいのか？」

「まぁ、家に置いてもらうわけだし。それくらいはするよ」

ふいと顔を逸《そ》らし、なぜか不機嫌《ふきげん》そうに言う奏音。

俺としては非常に助かる提案だ。

仕事で疲《つか》れて帰ってきて料理をするとなると、気力も体力もかなり消耗《しょうもう》するんだよな。

だからついコンビニの弁当だったり、スーパーの総菜を買うだけで済ませてしまう場合が多い。

「奏音ちゃん、お料理できてすごい……」

「まぁ、母親と二人暮らしだったからね。自然と作れるようになってたというか……」

「目玉焼きもサッと作っちゃったもんね」

「いやいや。目玉焼きなんて焼くだけじゃん」

「私も何回か作ったことあるけど、いつも真っ黒に焦がしちゃうから……」

「あ、あぁ～……」

気まずそうに目を逸らす奏音。

ひまりは料理が苦手らしい。まぁ、箱入《はこい》り娘《むすめ》って感じがするもんな。

俺も得意な方ではないが、さすがに真っ黒に焦がすほどじゃない。『強火』はいらん。『弱火』か『中火』だけ使っておけばいい、というのが俺の一人暮らしで得た持論だ。

とにかく、奏音が率先《そっせん》して料理をしてくれるのはありがたい。自炊は節約の基本だからな。

しかし、女子高生の手料理か……。

目の前にあるのは、変わったところなど何もない、普通《ふつう》の目玉焼き。

それでも『俺が作ったものではない』という事実が、今さらだが妙にくすぐったく感じられるのだった。

朝食を食べ終えた後、ひまりをすぐに着替《きが》えさせた。

俺のTシャツ一枚だけという格好を朝から見続けるには、なかなか刺激《しげき》が強かったからだ。

ひまりのあの脚《あし》はかなり目に毒だよな……。

そういうわけで、ひまりは制服に着替えていた。

昨日着ていた私服と制服、そして下着数枚。

着替えはこれだけしか持ってきていないらしい。

紺色《こんいろ》を基調にした制服は、奏音の学校の制服とは違《ちが》う清楚《せいそ》さがあった。

「何か、ジロジロ見てるし」

チクリと針を刺すように奏音が呟《つぶや》く。

「別にジロジロは見てない」

「嘘《うそ》。見てた。ひまりの制服姿めっちゃ可愛《かわい》いから気持ちはわかるけど、変な気おこさないでよ」

「おこすわけないだろうが。昨日も言ったけど俺はロリコンじゃない」

「ひまり気をつけなよ。特に脚。細いのに柔《やわ》らかそうでしかも長いって、それ無駄《むだ》に触《さわ》りたくなる脚だから」

「ええっ⁉ さ、触りたくなるのですか⁉」

「うん。私がそう思うくらいだから、男だと尚《なお》さらだと思うよ？」

言いながらこっちをチラリと見る奏音。

「えっと、あの……。駒村《こまむら》さんは大丈夫《だいじょうぶ》だと思います。痴漢《ちかん》からも助けようとしてくれたし……」

奏音はまだ何か言いたそうだったが、それ以上口を開かない。

なぜかジト目でこっちを睨《にら》んできたけど。

まぁ正直、目の前に制服姿の女子高生がいたら自然に目は行ってしまう。

だが、決してやましい気持ち100％で見ているわけではなく。

過ぎ去った青春時代を懐《なつ》かしむ気持ちもそこにあることは理解してもらいたい——のだが、この様子だと奏音には通じなそうだな……。


それぞれ着替え終えた俺たちは、狭《せま》い洗面所の中で真剣《しんけん》な顔をして立っていた。

議題は『洗濯《せんたく》について』。

今までは二〜四日に一度、ある程度洗う服がたまってから洗濯機を回していたのだが、女子高生二人と一緒《いっしょ》に暮らす以上さすがにそれはまずいだろう。

さらに言えばドラム式洗濯乾燥機《かんそうき》（しかも静か）ということもあり、昼夜問わず気が向いた時に動かしていたので、俺の中で『洗濯』が習慣化していない。

だから洗濯についてきちんと決めておいた方が良いと思い、話し合いを始めたわけだが——。

「私、ぶっちゃけ嫌《いや》……」

俺の方を見ずに呟く奏音。

「服ならまだしも、下着は――絶対に触りたくない」

声も顔も本当に嫌そうだ。

何だか自分がバイ菌扱《きんあつか》いされたような気がして少し傷つく。

年頃《としごろ》の娘を持つ世の父親たちも、こんなツライことを言われたりしているのだろうか。

でもまぁ、「同じ洗濯機で私の服を洗わないで」と言われなかっただけマシだと思おう。

はぁ……しかしどうしようか。

口の中だけで小さくため息を吐《つ》く。

今まで男と暮らしたことがない女子高生に、アラサー男の色々が染《し》み込んだパンツに触れ――とはさすがに俺も強く言えないわけで。

「じゃあ、洗濯は俺がするか？　でもその場合、俺がお前らの下着を触ることになるんだが。それはいいのか？」

「うっ――」

既《すで》に嫌そうな顔をしていた奏音は、そこからさらに嫌そうな顔になった。

……人間って表情豊かだよな。

正直俺としては、別にそれでも良いのだが。

二人の心情を考えると、率先して手を挙げることはやっぱり問題があるだろう。

女子高生の下着目当ての変態だと思われかねん。

「あの……。私は平気なので洗濯は私がします」

微妙《びみょう》な空気を裂《さ》くように、おずおずとひまりが挙手した。

「えっ――でも……」

「私、本当に平気ですから。無理を言ってここに置いてもらう以上、それくらいやります」

「じゃあひまり、お願いできるか？」

「はい。任せてください！　学校の宿題で『お手伝い』があった時に、洗濯のお手伝いをしたことがあるんです。もちろん、お父さんの服も洗濯しました」

「へえ、そんな宿題もあるんだな。ちなみにそれはいつの話？」

「えと、小学校の3年生くらいです……」

まあそんな気はしてた。何も知らなかった小学生の時と今は違うだろうに。

それでもひまりがやると言っているので、それで良しとするが。

しかし、小学生の時の宿題の経験だけでここまで自信満々に返事ができるのは、俺からしてみればちょっと眩《まぶ》しい。

「じゃあ改めて説明する。昨日風呂《ふろ》に入る前に見たと思うが、洗剤《せんざい》は洗濯機の上の棚《たな》に置いてある。基本的には電源を入れてスイッチを押すだけでいい。ちなみにこれは乾燥機能付きだから干す必要はない。でもここに入れっぱなしにしておくと皺《しわ》になるから、洗濯が終わったらすぐに出して欲しい」

「そうなんですね。じゃあ基本的に畳《たた》むだけでいいんだ」

「うわ、この洗濯機、高いやつだよね……」

物珍《ものめずら》しげに洗濯機を眺《なが》めながら奏音が言う。

それに気付くとは、やるな奏音。

「元々は弟と二人で暮らしてたんだよ。どっちも面倒《めんど》くさがりだから、乾燥機能が付いている方が良いよな——ってなって、お金は出し合ったんだ」

「弟さんと暮らしてたんですか？」

「ああ。ちょっと前に彼女ができて出て行ったけど」

「へえ……。そんで取り残されたんだ」

「俺は取り残されたわけじゃない。あいつが勝手に出て行っただけだ」

「………」

……同情するような目で俺を見るな奏音。

しかし、乾燥機能が付いた洗濯機を買っていて良かったと心から思う。

もし付いていなかったら、二人の服を干す必要があったからな。

うちには浴室乾燥機という高度な機能はない。

必然的にベランダか部屋干しなんだが、ベランダに女性物の服を干そうものなら、いつこの状況《じょうきょう》がバレてもおかしくはないだろう。

「あ。そういえば洗濯ネットがないよね。買い物リストに書いておかなきゃ」

「洗濯ネット？」

「……女性の下着類は、洗濯機のグルグルに直接耐《た》えられる作りになってないの。男のパンツと違ってデリケートなの」

「そ、そうか……」

奏音の視線が「これだからデリカシーがないアラサー男は」と言っている。

いや、本当にそういうことを考えたことがないというか、知らなかったんだって。

「と、とりあえず、洗濯についての話はまとまったな」

奏音の視線に耐えかね、強引《ごういん》に話題を終わらせる。

ようやく狭い洗面所から出る俺たち。

今思えば別にリビングで話し合いをしても良かった気がするが、まぁ終わったことだし気にしないでおこう。

「ひまり、何かごめん……」

リビングに戻《もど》った瞬間《しゅんかん》、突然《とつぜん》ポツリと謝罪する奏音。

「ん、どうして？」

「洗濯。私が拒否《きょひ》したからかなって……」

奏音はばつが悪そうに下を向く。

確かに奏音からしてみれば、自分のわがままが通った状況だ。

「そんな、全然気にしてないよ。私こそ料理できないし。それにね、ちょっとワクワクしてるんだ」

「え……。まさかひまり、男の服や下着を触ってみたかったとか？」

「ち、違うよ！　そ、そんなんじゃなくて！　あ……。でも駒村さんの服に触るのが嫌って意味ではないですからね」

いちいち俺を気遣《きづか》ってくれるひまり。

この子、ひょっとして良い子なのでは？

「あの、こうやって生活の当番を決めるのがちょっと楽しいというか……。小学校の時に係を決めていた雰囲気《ふんいき》に似ているなぁって」

「あ～、そんなんあったね。そういえば私、生き物係が好きだったわ。ウサギに餌《えさ》をあげに行くの」

「私は掲示係《けいじ》が好きだったなぁ。教室の後ろに、みんなの絵や習字を画鋲《がびょう》で張っていくやつ。コツコツした作業が好きだったんだよね」

二人とも、よくそんなの覚えているな……。俺、自分が何係だったかなんて全然思い出せないぞ……。

思わぬところで、女子高生との年齢《ねんれい》のギャップを感じてしまった俺だった。

第4話　買い物とＪＫ

朝十時前に家を出て、近くの大型のショッピングモールまで来た。

奏音《かのん》に言われた生活用品や、ひまりの服、その他諸々《もろもろ》を買うためだ。

ちなみにひまりが制服だから、奏音もそれに合わせて制服を着ている。

俺としては、休日に女子高生を二人も連れていると目立つからやめて欲しかったのだが……。

奏音の「そんなの誰《だれ》も気にしないし」という言葉に押し切られた形だ。

確かに人が多すぎて、いちいち俺たちに怪訝《けげん》な視線を送ってくる奴《やつ》はいない。

すれ違《ちが》いざまに見られることはあるが、すぐに興味をなくして前を向く人ばかりだ。

土曜日ということもあって、店内は家族連れやカップル、友達と思われる若者グループでごった返している。

俺と同年代の男が一人で歩いている姿は見かけない。

「ね、だから言ったっしょ。みんな私らのことなんかいちいち気にしないって。それよりツレとの会話が大事なんだって」

「そうみたいだな……」

「はぅ……良かった」

俺の隣《となり》でホッと安堵《あんど》の息を吐くひまり。

奏音の言葉に安心したのは、どうやら俺だけではなかったらしい。

確かにこいつ、家出中だもんな……。

ということはやっぱり、堂々と外出するべきではなかったのでは？

ひまりは『家族は大ごとにしていないはず』と言っていたが、彼女を全く捜《さが》していないわけではないだろうし。

でもまぁ、既にここまで来てしまったし。それに服を買うのに本人不在だと何かと不便だ。

とにかく、買い物を済ませてサッサと帰ろう。

「先にひまりの服から買う？」

「そうしてもらえるとありがたいです。あと、できれば着替《きが》えたい……。私の制服、この辺の学校のじゃないから、もしかしたら目立ってるかもしれないし……」

「そうか？」

俺にしてみれば、ひまりの制服もこの近辺で見る女子高生のものと大差ないと思うのだが。

こう言っちゃなんだが、よくあるブレザーというか。

「あぁ～……。確かにこのリボンは超可愛《ちようかわい》いもんねー」

ひまりの制服を改めて褒《ほ》める奏音。

俺にはただのチェック柄《がら》のリボンにしか見えんのだが――そこには女子にしかわからない可愛さというものがあるのだろう。

おっさんの俺は黙《だま》っておいた方が良さそうだ。

「とりあえず、服から見に行こー」

先頭に立って歩き出す奏音。

「奏音。もしかしてここに来たことがあるのか？」

「あるよ。友達と」

「そうか。じゃあ案内を頼《たの》む。実は俺、一回しか来たことがないんだ。あ、できたら安い店にしてくれ」

奏音の後ろ姿に向けて、俺は心からのお願いを発する。

女子高生がどういう服を着ているのかはわからんが、一着が万を超《こ》すような店は勘弁《かんべん》してもらいたい。

「わかってるよ。ひまり、ユニクロでいい？」

「うん。むしろ古着で良いんだけど。そこまでお金かけてもらうのは申し訳ないし……」

「いや、こういう場所に古着は売ってないんじゃないか？」

「そうそう。それにユニクロだったら下着とかも全部揃《そろ》うし。行こ行こ」

ひまりの手を取り、意気揚々《いきようよう》と歩き出す奏音。

別にそういう趣味《しゅみ》があるわけではないのだが、こうして女の子同士が手を繋《つな》ぐ姿って——何か……間近で見ると良いものだな……。

こんな気持ち悪いことを考えているのを知られたくないので、少しだけ離《はな》れて二人の後を付いて行った。

女子高生の買い物って、どうしてこうも長いんだ……。

店に入ってから既《すで》に数十分は経過している。さすがに俺の精神力も削《けず》れてきた。

二人は店内の同じ場所を何度もグルグルしている。

早く決めてくれと思いつつ、俺も服を見て回る。

でも、特に今はコレと言って欲《ほ》しい服がないんだよな。上も下も、去年からのもので十分だ。

あ、でも下着くらいは新しいのを買っておくか。奏音に何か言われそうだし。

そう思い立ち移動しようとしたところで、カゴを持ったひまりが接近してきた。

「あの、駒村《こまむら》さん。とりあえず普段着《ふだんぎ》二枚と就寝《しゅうしん》用の寝間着《ねまき》、そして下着二枚と靴下《くつした》なんですが――金額は大丈夫《だいじょうぶ》でしょうか？　安い物を選んではきたのですが」

そう言って不安そうに買い物カゴの中の服を見せてくるひまり。

――っておい。そんなに堂々と下着を見せてくるなよ。反応に困るだろうが!?

いくら新品とはいえ、女子高生って自分が着る予定の下着を男に見せて平気なのか？

それともひまりが特殊《とくしゅ》なだけか？

「あの、駒村さん……？」

俺が何も言わないので、ひまりが不安そうに俺を見上げてくる。

「もしかして、何か変なこと考えてない？」

その隣の奏音がジト目で言う。

「考えるわけないだろ」

落ち着け俺。これはあくまで店の『商品』だ。まだ、ひまりの下着ではない。そう、まだ。

俺は心の中で一旦《いったん》頭を整理してから、改めて買い物カゴの中を確認《かくにん》する。

これは値段を確認するための作業。それ以外に意味はない。

とりあえず白色ということは確認してしまったが、完全に不可抗力《ふかこうりょく》だ。

……そういえば、昨日こけた時に見えたパンツも白だったな。ひまりは白色が好きなんだろうか――って、思い出すな俺。

とにかく今は計算だ。

「うん――これくらいなら予算内だ。全然問題ない。何ならもう一着選んできても良いくらいだが――」

「いえ、さすがに申し訳ないです。これで結構ですので……！」

「そうか。じゃあ会計をしてくる」

ひまりから買い物カゴを受け取り、未《いま》だにジト目で見てくる奏音から逃《に》げるようにその場を後にする。

レジに行くかたわら、自分用のトランクスもサッとカゴに入れた。

やはり女子高生と一緒《いっしょ》に住む以上、くたびれた下着しかないのは問題だろうと思ったからだ。

購入《こうにゅう》後、ひまりは早速《さっそく》トイレに向かい、買った服に着替えた。

やはり俺としても、制服姿でいられるよりその方が安心する。

奏音は「せっかくの制服デートだったのに」と少し不満そうだったが、事情を理解しているのでそれ以上は何も言わなかった。

その後は日用品コーナーで、奏音に指摘《してき》された物を購入。

そして家具・インテリア用品が置いてあるコーナーに行き、レースカーテンも買った。

これで少しは外部からの目を気にしないですむだろう。

さらに足りなかったキッチンテーブル用の椅子《いす》も購入。

これは配達してもらうようにした。

改めて買い物リストに目を落とす。

風呂《ふろ》用の掃除《そうじ》ブラシ、芳香剤《ほうこうざい》、シャンプーとリンス、洗濯《せんたく》ネット、三角コーナーに被《かぶ》せるネット、トイレ用汚物《おぶつ》入れと黒い袋《ふくろ》――。

奏音に指摘された物は、これでほぼ買いそろえたはず。

それ以外にもゴミ袋、二人の歯ブラシ、食器類も購入した。

他《ほか》に足りない物があったら、その都度買い足せば良いだろう。

あとは食料を買えば、今日の目的は達成するのだが――。

「ねえ。そろそろお腹《なか》減った……」

奏音の声を受け、俺は腕時計《うでどけい》に目をやる。

時計の針は既に十二時を回っていた。

もうこんな時間になっていたのか。

それまで特に意識していなかったのに、時計を見た瞬間《しゅんかん》空腹が襲《おそ》ってきた。

ちょうど目の前に館内の地図があったので立ち止まる。

レストラン街が一階、フードコートが二階にあるらしい。どちらも端《はし》にあるので、ここからは少し離れている。

「じゃあ昼飯を食べるか。二人は何か食べたい物はあるか？」

「私は何でも良いです」

「うーん。私も特にコレ！　ってのはないなぁ」

「その返答が一番困るやつなんだけど」

「じゃあ駒村さんは何が食べたいですか？」

「いや、その……何でも良いな……」

「人のこと言えないじゃん……」

地図の前で立ち尽《つ》くしながら、お互《たが》いに苦笑いを浮《う》かべる俺たち。

三人の意見が初めて合った瞬間な気もするが、何とも微妙《びみょう》な気持ちになるのだった。

結局フードコートに向かい、各々《おのおの》が食べたい物を見つけて食べる、という形に落ち着いた。

俺は天丼《てんどん》と蕎麦《そば》のセット、奏音はホットドッグとアイスティー、ひまりはたこ焼きとオレンジジュースという、三人の統一感が欠片《かけら》もないメニュー構成だった。

蕎麦を食おうとしている時にたこ焼きの匂《にお》いが漂《ただよ》ってくるのは、なかなかに新鮮《しんせん》だ。

だが、隣の席から漂ってくる石焼きビビンバの匂いがそれ以上に強烈《きょうれつ》だった。

自分が何を食べようとしているのか、ちょっとわからなくなる。

しかし、本当に人が多いな。

これだけ人が多い様子を見ると、ひまりのことも上手《うま》く誤魔化《ごまか》せる気がしてくる。当然、油断をするつもりはないが。

改めて決意しながら天丼の海老《えび》を一口食べた、その時。

「ふはっ!? あ、あふっ、熱いですっ！」

たこ焼きを一口囓《かじ》ったひまりが、突然悶絶《とつぜんもんぜつ》を始めた。

「大丈夫!? ジュース、ジュース飲みなよ！」

奏音のアドバイス通り、たこ焼きを頬張《ほおば》ったままオレンジジュースを飲むひまり。

しばらくジュースを口の中で泳がせてから、ようやく飲み込めたようだ。

「あ、熱かったぁ……びっくりしたぁ……」

「もう、気をつけなよ。たこ焼きって中がめっちゃ熱いんだから。猫舌《ねこじた》ならちゃんとフーフーしなきゃダメじゃん」

「うぅ……そうする……」

奏音に言われた通りに、ひまりはたこ焼きに向けてフーフーと息をふきかける。

その様子を見て奏音は小さく笑ってから、自分のホットドッグを一口齧り——。

「あづっ⁉　こ、このソーセージ超熱いんだけど⁉」

そしてひまりと同じように熱さで悶絶した。

「奏音ちゃんも、ちゃんとフーフーしなきゃね？」

悪戯《いたずら》っぽく笑うひまり。

奏音は何も言い返せず、顔を赤くしながらアイスティーを飲む。

俺は笑いを押し殺しつつ蕎麦を啜《すす》るのだった。

それぞれのご飯を食べ終え、俺たちは一息ついていた。

周囲は談笑《だんしょう》している家族連れや若者のグループで賑《にぎ》わっている。

人の声が重なりすぎると、本当にザワザワという音に聞こえるから不思議だ。

「ふぁ……。あとは食料を買って帰るだけだよね」

あくびと伸《の》びをしながら奏音が言う。

「そうだな。あ――いや、まだだ」

「どうしたの？　他に何かある？」

「あぁ。布団《ふとん》を買うのを忘れていたなと」

「あ――！　そうでしたね」

大事な物を忘れるところだった。

やはりソファだと熟睡《じゅくすい》できないだろうしな。健康のためにも睡眠《すいみん》は大事だ。

「そっか……」

「どうした奏音？　元気ないな」

「うん……。ちょっと疲《つか》れた」

奏音の顔は確かに少し疲れているように見える。

まぁ、結構歩いたもんな。

「ここで休憩《きゅうけい》しておくか？　俺はその間に布団を買ってくるから」

「あー……うん。じゃあそうする」

俺と奏音の顔を交互《こうご》に見比べるひまり。自分はどうしようか迷っているらしい。

「ひまりもここで待っておくか？」

「えっと、その……お手洗いに行きたいなって……」

「それじゃあ一緒に付いて行きなよ。荷物は私が見張っておくから」

「それでいいのか？」

「大丈夫だって。別に失踪《しっそう》なんてしないから」

奏音はどこか遠くを見つめながら言う。

たぶんその言葉には、母親に対する皮肉が込《こ》められているのだろう。

チクリと胸に何か刺《さ》さった気がした。

「わかった。その前に——ちょっとだけ待ってろ」

「ん？」

俺はその場から離《はな》れ、喫茶店《きっさてん》でいちごフロートを購入。そして奏音の元へ戻《もど》る。

「ほら。これでも飲んで待ってろ」

「え……いいの？」

「まぁ、奏音には服も買ってやれてないしな」

「別にそれはいいんだけど。どうして私がいちご好きだってわかったの？」

「さっきホットドッグのセットの飲み物を選ぶ時、迷ってただろう」

「え……覚えてたんだ」

奏音は俺のことを、かなり物忘れが激しい人間だと思っているのだろうか。

さすがにそれくらいのことは覚えている。

「そういうわけで荷物番頼《たの》む。じゃあひまり、行くか」

「はい」

「……いってらっしゃい」

そう言って送り出す奏音の表情が今まで見た中で一番柔《やわ》らかく見えたのは、たぶん気のせいではなかったと思う。


フードコートから離れてしばらくしてから、俺は隣《となり》を歩くひまりを見る。

「やっぱり、ひまりも何か飲み物とかいるか？」

ひまりからしてみれば、奏音に贔屓《ひいき》したように見えたかもしれないと今頃《いまごろ》気付いたのだ。

「いえ、お気遣《きづか》いありがとうございます。私は既《すで》にいっぱい買ってもらってますから十分です。それより、あの、早くお手洗いに行きたいです……」

真剣《しんけん》な表情が、割と切羽《せっぱ》詰《つ》まった状況《じょうきょう》ということを物語っていた。

「わ、わかった」

頭上にぶら下がるトイレマークの案内看板を黙視《もくし》で確認《かくにん》。俺たちは歩く速度を早めるのだった。

寝具《しんぐ》のコーナーは、フードコートとは真逆の端に位置していた。このショッピングモールを縦断した形になる。

正直、ちょっと遠かった。店が大きければ良いってもんでもないな。

布団はすぐに決まった。敷《し》き布団と掛《か》け布団がセットになっていて、一番安い物を二つ購入した。

さすがにこれは持ち歩くわけにはいかないので、家まで配達してもらう手配をした。今日の夜には届くらしい。

「お布団まで用意してもらって、本当にすみません……」

「いや、気にするな。そもそも、ひまりがうちにいることを望んだのは奏音だ。礼ならあいつに言ってやった方がいい」

元々俺は、一晩経《た》ったらひまりを追い出すつもりだったしな……。

「それもそうですが……お金を出してくれているのは駒村さんなので」

「まぁ、あいつはまだ未成年だし。俺は一応奏音の血縁《けつえん》だしな……」

『保護者』と言うには何か違《ちが》う気がしたので、その言葉は使わなかった。

なりゆきでこんな状況になっているだけで、俺はただの従兄《いとこ》だ。

「じゃあ奏音の所に戻るか」

人を避《さ》けるために右へ左へと移動しながら、歩き続ける俺たち。

「そういえば――絵を描《か》く道具って何がいるんだ？」

「へっ⁉」

俺の問いかけに、ひまりは面白《おもしろ》いほど目を丸くした。

「絵を描く道具だよ。親に全部捨てられたんだろ？」

「そうですけど……。あの、まさか……」

「ここまで来たことだし、ついでに買おうかなと思ってるんだが」

「そ、そんな。さすがにそこまでして頂くわけには――」

「自分で言っていたじゃないか。『自分から動いていきたい。賞に出したい』って。そもそも、絵を存分に描くために家出をしたんじゃないのか？」

「それ……は……。確かに……はい……そうです……」

「金のことを気にしているなら、それは気にしなくていい」

「あの、駒村さんはどうして――どうしてそこまでしてくれるのですか？　私はこのお礼に、一体何をすればいいんでしょうか……」

ひまりに真《ま》っ直《す》ぐな視線を向けられ、俺はそこで言葉を失ってしまった。

どうしてだろう。

昨日会ったばかりの家出少女に、ここまで俺が気にかけてやる理由。

ひまりの問いに、俺は明確に答えることができない。

ただ、彼女の境遇《きょうぐう》を聞いてから胸の奥の方がザワザワして、なぜか、少しだけ苦しくて――。

自分でもよくわからない衝動《しょうどう》が湧《わ》き上がってきて、それに従っているだけだった。

「……別に、そういうことは考えなくていい」

「でも――」

ひまりは尚《なお》も不安そうだったが、そこでハッと何かに気付いた顔になる。

「あっ――!?　もしかして『体で払《はら》う』ってやつですか？」

「ばっ!?　何てことを言うんだ！　そんなわけないだろうが！」

思わず大きな声を出してしまい、すれ違う人たちの視線が一斉《いっせい》に俺に集まる。

……くそ、ちょっと恥《は》ずかしい。

でもひまりに言われたことが少しショックだった。俺がそういう人間に見えていたってことか？

いやでも、家出女子高生を家に泊《と》める男の目的が何かと問われたら、普通《ふつう》はそう思うよな……。

「え、違うのですか？　今まで読んできた家出ものの同人誌ではそういう展開が多かったので、てっきりそうなのかと……」

「お前………同人誌で社会を学ぶなよ………」

ちょっと抜《ぬ》けているところがあるなとは感じていたが、ここまで天然だとは……。

――というかちょっと待て。

つまり、そういうシチュエーションの同人誌を読んでいると？

いや、まだ未成年だろお前。

ファ○ザでそういう類《たぐい》のものを見ている俺としては、今のはかなり引っかかる言葉だ。

そういう『同人誌』という世界があることはファ○ザを見始めてから知ったので詳《くわ》しくはないのだが、いかがわしい内容の物語を指すものだと俺は認識している。

こういう場合ってどういう反応をすればいいんだ……。

しかも男じゃなくて女の子相手に。

きちんと叱《しか》るべきなのか？　でも、さすがに俺はひまりの親ではないし……。

…………。

まぁ、その問題は後回しにしても良いだろう。

今大切なのは——。

「とにかく、俺はお前に何も要求しない。強《し》いて言うなら、きちんと絵を描いている姿を見せてもらうことくらいか？　だから絵を描くには何が必要か、教えてほしい」

ひまりはしばし考え込んでいたが、やがて大きな黒い目を俺に向けた。

「賞はデジタル応募《おうぼ》のみの受付なので、画像ソフトとペンタブです。駒村さんのおうちにはパソコンが置いてあったので、それを貸していただけたらと——」

「なるほど。ちなみに画像ソフトって、写真の補正をするようなやつか？」

「はい。あ、もしかしてお仕事で使っていますか？」

「いや、俺の仕事は経理だから全然関係ないんだが——。弟がいた時にコラ画像を作っていたなと思い出したんだ。そういう機能のソフトなら、うちのパソコンに入っている」

「えっ——!?　それってもしかしてフォトショかイラレですか!?」

「すまん。ソフトの名前までは覚えてないんだが……」

いきなり食い気味に聞いてくるひまりに、ちょっと圧倒《あっとう》されてしまった。

「いえ、すみません。でもコラ画像を作れるほどの機能があるなら十分すぎます！　あとはペンタブさえあれば大丈夫《だいじょうぶ》です！」

「そ、そうか。じゃあペンタブを買えばいいんだな」

そうして歩いている内に、開放的な電器屋の入り口の前まで来た。

まさにちょうど良いタイミングというやつだ。

そのまま流れるように、俺とひまりは電器屋の中に入っていく。

「たぶんパソコンコーナーの近くにあると思います。ええと、どこかな……」

店内の上部にある看板を見ながら、先に先にと進んでいくひまり。

まるで人が変わったみたいだな……。

水を得た魚のようにイキイキと歩き出したひまりの後に、俺は付いていくだけだった。


ひまりが選んだのは『板タブ』と呼ばれる物だった。

「液タブは高いので……」と言うひまりに「遠慮《えんりょ》することはない」と言ってやりたかったのだが、値段を見てさすがにその言葉は腹の底まで落ちていった。

液タブ……。

ピンからキリまであるが、ほとんどが結構な値段だな……。普通にテレビが買えてしまう。

自分の知らなかった世界を覗《のぞ》き見て、ちょっとだけ怖《こわ》くなったのだった。


「いや、遅《おそ》いし」

フードコートに戻《もど》ると、奏音はテーブルの上に突《つ》っ伏《ぷ》した状態になっていた。

奏音はいちごフロートが入っていた空き容器を摑《つか》んだまま、俺に抗議《こうぎ》の視線を送ってくる。

「す、すまん。ちょっと寄り道をしてしまった」

「ごめんね奏音ちゃん……」

「まぁいいけど……。寄り道ってそれ？」

奏音はひまりが持っていたペンタブの箱を見る。

「うん。これで絵を描いていいって駒村さんが……」

「へえー。そういえばひまりって絵を描こうとしてたんだっけ。そんならまぁ、仕方ないか」

俺に対する視線は厳しいが、ひまりには優《やさ》しい。

まだまだ奏音にとって、俺は未知の存在なのだろう。

少しずつでもいいから慣れてくれると、こちらとしては嬉《うれ》しいのだが。

まぁ、無理にとは言わない。

「よし。じゃあ食料を買って帰るか」

改めて見ると、結構な量の買い物をしてしまった。

さらに食料も加わるし、帰りの荷物が大変だなこりゃ……。

二人の女子高生と荷物を分担してから、一階の食品コーナーへと向かう。

こんなに大荷物の買い物は、引《ひ》っ越《こ》しをした時以来かもしれない。

でも、嫌《いや》な気分ではなかった。

こうやって荷物を分け合いながら歩くのは家族みたいだな——と少し考えてしまったから。

第5話　パソコンとJK

家に帰ってから、購入《こうにゅう》してきた物を早速《さっそく》設置して回る。

真っ先に設置したのはレースカーテン。

家の中からだと心許《こころもと》ない透《す》け具合だが、これからは外の目から俺たちの生活を守ってくれる大事な布だ。

これで俺も二人も、人目を気にすることなく過ごせるはず。

次に設置したのは芳香剤《ほうこうざい》。

玄関《げんかん》に芳香剤を置くだけで、別の家の玄関のように感じるのには少し感動した。これで奏音《かのん》に文句も言われないだろう。

その奏音は、帰ってからすぐに食材を冷蔵庫に仕舞《しま》っていた。

俺の家の冷蔵庫なのに、既《すで》に何年もここで暮らしているかのような慣れた手付きで次々と食材を収納していく。

環境《かんきょう》に馴染《なじ》むのが早いな……。これなら今後の生活もあまり心配しなくても良さそうだ。

ちなみに冷蔵庫の真ん中を堂々と陣取《じんど》っていた発泡酒《はっぽうしゅ》は、肩身《かたみ》が狭《せま》そうに端《はし》の方に寄せられていた。

ひまりは買ってきたペンタブを箱から出して、俺の寝室《しんしつ》にあるパソコンの前に座ってい
た。

「駒村《こまむら》さん。パソコンをつけてもいいですか？　ソフトの確認《かくにん》もしたいので……」

「あぁ。スリープモードになっているだけだから、マウスを動かすだけで画面はつくと思
う」

風呂場《ふろば》用のブラシを袋《ふくろ》から取り出しつつ答える俺。

そういえば、最後に触《さわ》ったのは三日前だったか。

最近は電源を落とさずにそのまま放置する癖《くせ》がついてしまっている。

「つきましたが、パスワードが必要です」

「あ、そうか」

ひまりに言われ、パソコンの前まで移動。

既に指に動きが染《し》みついたパスワードの入力を終えると、画面には三日前に俺が見てい
たページが表示されて――。

（――あ、やべぇ）

俺は光の速さでマウスを動かす。

「――――!?」

驚《おどろ》くひまりは無視して、すかさず全画面を削除《さくじょ》。

迂闊《うかつ》だった……。消しておけば良かった……。

画面を開くまで、三日前の自分が何を見ていたのかすっかり忘れていたのだ。

真っ先に画面に表示されていたのはニュースの記事だったが、問題は上部にいくつか開いていたタブ。

要するに、アレだ。

十八歳未満は見てはいけないやつ……。

しかも一目見て「そういうもの」とわかるタイトルがタブに表示されていた。

もしかして、ひまりに見られてしまっただろうか。

見ていないと思いたい。

むしろ頼《たの》む。

「あの、駒村さん――」

「そういえば画像ソフトを使うんだよな！　デスクトップにアイコンがあるはず。ええっと――」

平静を装《よそお》いながら誤魔化《ごまか》すが、ちょっと声が上擦《うわず》っていたかもしれない。

横目でチラリとひまりを見ると、顔を真っ赤にして俯《うつむ》いていた。

――あ。

これは……もしかしなくても見られたな……。

終わった……。

「こ、駒村さん……」

「……何だ」

動揺《どうよう》を悟《さと》られないため、ぶっきらぼうな返事になってしまった。

いや。ここは大人の男の余裕《よゆう》を見せるべく逆に開き直るか――と決意したところで、ひまりが先にぽしょっと呟《つぶや》いた。

「あの…………手……」

「ん?」

そこでようやく気付く。

ひまりの手の上からマウスを摑んでいたことに。

「あぁ、す、すまん」

「い、いえ……」

言われるまでひまりの手に気付かなかったとか、どれだけ必死だったんだ俺……。

でも、そうか。これからひまりがパソコンを使うということは、こういうことにも気をつけないといけないわけか……。

後でこっそり、お気に入りフォルダを整理しておかないと……。

微妙《びみょう》な空気を変えるべく、俺はわざと咳払《せきばら》いをしてから再びパソコンの画面を見る。

「それで画像ソフトなんだが――」

「あ、ありました。このアイコンですね。ありがとうございます」

「まぁ、元々は弟が勝手に入れたやつなんだけどな」

「そうなんですね。では弟さんに感謝しないとです」

ひまりは小さくまとめられていたペンタブのＵＳＢケーブルを解いていく。

そしてパソコンにケーブルを挿《さ》し、認識画面を見ながら小さくひと言。

「駒村さんて、年上というか……人妻が好きなんですか？」

「――――!?」

動揺した様子もなく、それどころか神妙な面持《おもも》ちでサラリと言うひまり。

逆に俺が激しく動揺してしまった。

今飲み物を口に含《ふく》んでいたら、間違《まちが》いなく盛大《せいだい》に噴《ふ》き出していただろう。

お前……あの一瞬《いっしゅん》の間で、タブの文字を見ていたのか……。

こういう場合、どういう返答をするのが正解なんだ？

若かりし頃《ころ》、ベッドの下に隠《かく》していたそういう雑誌を母親に机の上に置かれていた時以上に、だいぶ頭の中は混乱していた。

「別に、そういうわけでは……。現実と好みは違《ちが》うというか……。うん、あくまで空想世界での趣味《しゅみ》だ。そこは俺もわきまえているというか、ありえない世界の背徳感を疑似体験というか――」

いや、女子高生相手に何を言っているんだ俺。

ちょっと死にたくなってきた。

「そうですか……なるほど……人妻はただの趣味……」

そこをリピートするな。

ひまりはなぜか、さらに神妙な顔つきになっていた。

ついさっき、俺の手が触《ふ》れて顔を真っ赤にしていた面影《おもかげ》はそこにはない。

……キミ、ちょっと感性がおかしくない？

「なら、年下でもいけるってことですよね……」

「おまっ――!? イケるとかそういうことは露骨《ろこつ》に口にするなって。俺の方が反応に困るわ！」

「ほへ？」

間の抜《ぬ》けた声を発したひまりは、きょとんとした顔をしていた。

やっぱりこいつの感性はちょっとおかしいかもしれない。

そういえば、恩を体で返せばいいか？　とか言っていたしな……。

ちなみに年下でイケないかというと、全然そういうことはなくむしろ好き――って、だから何を考えてるんだ俺！

まぁ、そこはそれ。現実と虚構《きょこう》の世界を一緒《いっしょ》にすることはない。

こいつらは未成年。

手を出そうという考えは当然持っていない。

幸いにも、今の会話は奏音には聞こえていなかったらしい。

キッチンの方から聞こえてくる野菜を切る軽快な音に、少しだけホッとする。

「とにかく、これから精一杯《せいいっぱい》絵を描《か》きます。あの、駒村さん。改めて、本当にありがとうございます」

ふわりと笑うひまりの顔は、これまたさっきとは全然違うもので――。

この短時間で色々な表情を見せた彼女の顔を、つい眺《なが》めてしまっていた。

買ってきた物を部屋の中に置いて回ったり、ゴミの処理をしている内に、あっという間に夕食の時間になった。

「今日は買い物で疲《つか》れちゃったし、楽をしたかったからすき焼きにしたよ。とは言ってもかなり節約バージョンだけどね」

制服の上にエプロンをした奏音が、リビングのテーブルの上にドンと鍋《なべ》を置いた。

俺の家にはカセットコンロがないので、既に鍋の中には完成されたすき焼きが入っている状態だ。

奏音の言った『節約バージョン』の言葉通り、具材は牛肉と豆腐《とうふ》と長ネギだけという非常にシンプルなもの。

だが、とても良い匂《にお》いだ。

「わぁ！　奏音ちゃんすごいです！　美味《おい》しそう！」

目を輝《かがや》かせて歓声《かんせい》を上げるひまり。

奏音は照れくさそうに笑うが、まんざらでもなさそうだ。

「具材を入れて煮《に》込《こ》んだだけだよ。冷めるから早めに食べて」

「お、そうだ。生卵はいるか？」

「はい、お願いします」

「あ、私も」

二人とも生卵は問題なく食べられる、と。

こういう食の好《す》き嫌《きら》いはちゃんと覚えておかないとな——と考えつつ冷蔵庫から今日買い足したばかりの卵を三つ取り出す。

卵が冷蔵庫の中にいっぱい入っているだけで、ちゃんとした生活を送れている気分になるのは俺だけだろうか。

ついでに冷えた発泡酒も取り出してからテーブルに戻《もど》った。

女子高生との生活の中でも、このささやかな幸せはやめるつもりはない。

二人に卵を渡《わた》してから、自分の取り皿に卵を割り入れる。

そのタイミングで、ひまりが「あ」と声を上げる。

ひまりの取り皿の中には、粉々になった卵の殻《から》が散乱していた。

「ひまり、割るの下手だね……」

「うぅ……。不器用なんでこういうの苦手なんです……」

「じゃあコツを教えてあげるよ。こうやってヒビを入れたら、両手の親指をヒビに食い込ませるようなイメージで——あっ！」

「どうした？　まさか奏音も失敗か？」

「違うって」

そう言うと奏音は、得意満面に取り皿の中を見せてきた。

「奏音ちゃんの、黄身が二つある！」

「マジか。うわ、俺初めて見たかも」

「えへへ、何か得した気分。良いことありそうだし写真撮《と》っとこ」

奏音は双子《ふたご》の黄身にスマホを向けてパシャリ。

しかし写真を撮り終えると、すぐに箸《はし》で黄身をぐちゃぐちゃにかき混ぜるのだった。

すげぇな……。俺だったらもうしばらくは眺めていたのに。

かき混ぜる奏音の手の動きからは未練を感じない。潔《いさぎよ》すぎる。

世のインスタ映《ば》えを気にする女性たちもこんなんなのか？

「うう、早く食べちゃいましょう。ということでいただきます！」

「いただきまーす」

ひまりと奏音の食前の挨拶《あいさつ》に我に返る俺。

一拍《いっぱく》遅《おく》れてから俺も「いただきます」と言うと、三人の箸は一斉《いっせい》に同じ肉に伸《の》びたのだった。

なるほど……。

二人とも、俺と同じくメインから真っ先に食うタイプか。そこは気が合うな。

奏音が作ったすき焼きはとても美味《うま》かった。

市販《しはん》のすき焼きのたれより、正直奏音が作ったたれの方が俺好みの味かもしれない。甘みが絶妙だ。

ひまりも終始絶賛しながら食べていた。

奏音は平静を装《よそお》いつつも、口の端《はし》が上がっていたのを俺は見逃《みのが》さなかった。

まぁ、それにツッコむようなことはしなかったが。


食べ終えた後は、各自流し台に食器を置く。

そしてひまりは早速《さっそく》俺の部屋に戻った。

ペンタブや画像ソフトの設定周りをいじっている最中だったらしい。

奏音がテーブルから鍋を持ってきたところで、俺は奏音より先に流し台の前に立つ。

「皿洗いくらい俺がやるよ」

「でも……料理は私がやるって言ったし」

「いや、皿洗いは料理じゃないだろ」

「私の中では食べ終わるまでが料理っていうか……。家に帰るまでが遠足ですよ、的な。だから私がやるし」

俺の方を見ずにスポンジを手に取る奏音。

ひまりと違い、俺と話す時は高確率でこの突《つ》き放すような平坦《へいたん》な口調になる。

だが、二日目だから俺も少しわかってきた。

「……あのさぁ、そこまで気にしなくていいから」

「え？」

「奏音はこれまでの色々を『申し訳ない』って思ってんだろ？　そんなふうに思わなくてもいいってことだよ」

「…………………」

現役《げんえき》女子高生の生態はよくわからんが、それくらいの気持ちは察することはできる。

黙《だま》ったまま俺を見る奏音の顔には、困惑《こんわく》の色が見て取れた。

「その、何というかな……。奏音はさ、一応俺と血縁《けつえん》なんだから。ひまりみたいにそこまで遠慮《えんりょ》しなくてもいい間柄《あいだがら》だと俺は思っているんだが」

奏音の母親が蒸発して俺の家に来ることになったのは、彼女のせいじゃない。

おそらく奏音は、その出来事に対しても丸ごと罪悪感を抱《いだ》いているのだろうな、というのを何となく感じる。

親父《おやじ》から奏音を預かるようにと連絡《れんらく》がきた時はかなり困惑したのは事実だが、それは決して『嫌《いや》だから』という理由だったからではない。

「要するに、俺の従妹《いとこ》だから遠慮はいらん、てことだ」

改めて口にすると少し照れくさいな……。

だが、俺がそう考えていることは事実だ。

奏音は俺と目を合わせずにしばし無言で立っていたが、やがて観念したように目を閉じた。

「……わかった。じゃあ、お願い」

奏音はひと言だけ呟《つぶや》くと、俺にスポンジを渡してきた。

それでいい。

そもそも食器洗いまで奏音に任せて俺はリビングでゴロゴロするとか、それ完全に夫婦《ふうふ》じゃねえか——という考えが浮《う》かんだのも引き受けた理由の一つなんだが、さすがにそれは黙っておく。

「よし、任された。じゃあひまりか奏音か、どっちでもいい。先に風呂《ふろ》に入っとけ」

相変わらずぶっきらぼうで短い返事だったが、刺々《とげとげ》しさは感じなかった。

「ん」

※　※　※

夜の八時過ぎに、昼間買った椅子《いす》と布団《ふとん》が届いた。

入浴を済ませた後、奏音とひまりはさっそくリビングに布団を並べる。

フローリングの床《ゆか》に布団を敷《し》くのはちょっと変な気もしたが、隣《となり》に同級生の子と布団を並べるのは修学旅行みたいだなと、奏音の心は少し弾《はず》んでいた。

歯磨《はみが》きを終え、奏音はソファにだらりと座った状態でテレビを見ていた。

和輝《かずき》はダイニングのテーブルで発泡酒《はっぽうしゅ》を飲んでいる。

夕食の時に飲んでいたので、既《すで》に二本目だ。

ひまりは和輝の部屋のパソコンの前に座っている。

和輝の部屋のドアは開きっぱなしなので、その様子はリビングからも見えるのだ。

ひまりは真剣《しんけん》な表情でペンタブを動かして絵を描《か》いていた。

奏音がちょっと覗《のぞ》きに行ったら「み、見ないでください……！」と恥《は》ずかしげに画面を隠《かく》されてしまったけれど。

ひまり曰《いわ》く、途中《とちゆう》経過を見られるのが嫌らしい。

奏音にはよく理解できなかったが、それでもひまりが嫌がるのならやめておこうとその場から離《はな》れた。

夜が深く更《ふ》ける前に、ひまりが和輝の部屋から出てきた。

電気を消して、二人は新品の匂いがする布団の中に入る。

自分の家の布団とはまったく別の匂いに、やっぱり修学旅行みたいだな、と奏音は思った。

布団の中に入ってからしばらくして、ひまりが小声で奏音に話しかけてきた。

「あの、奏音ちゃんは、駒村さんと従兄妹《いとこ》なんだよね？」

「うん。そうだけど」

「駒村さんて、子供の時からあんな感じだったの？」

「あんな感じって？」

少なくとも、もう少し痩《や》せてはいたような——と、奏音は自分の記憶《きおく》にある、昔の和輝の姿をぼんやりと思い浮かべる。

とはいえ数回しか会ったことがないので、その姿はかなりおぼろげなものだったが。

「その、えっとね、他人に優《やさ》しいというか……」

ひまりの語尾《ごび》は次第《しだい》に小さくなる。

暗くて表情はよく見えなかったが、ひまりの声の調子から奏音は察してしまった。

（あぁ。そういう……）

痴漢《ちかん》から助けてくれようとしたうえ、家出してきた自分を家に置いてくれている。

さらに夢まで応援《おうえん》してくれる大人の男性――。

ひまりからしてみれば、和輝はまさにヒーローだろう。

だからひまりが和輝にそのような気持ちを抱き始めても、何ら不思議ではないと奏音は思った。

「正直に言うと、私今まであいつと少ししか会ったことがないから、昔のことはよく知らないんだ」

「あ、そうなんだ……。その、突然《とつぜん》ごめんね。お、おやすみなさい」

「うん、おやすみ」

頭からスッポリと布団をかぶるひまり。

奏音はひまりに背を向けてから目を閉じる。

今さらながら気になった。

和輝は、ひまりのことをどう思っているのだろう。

見ず知らずの家出少女を連れて帰ってきて、彼女の夢まで無条件に応援して——。

和輝はひまりのことを気に入っているから、そんな行動をしているのだろうか。

本人は否定していたが、やはりロリコンなのだろうか。

でも——と奏音は否定する。

そもそも、ひまりを家に置いて欲しいとお願いしたのは自分だ。

男と暮らしたことがない奏音の気持ちを配慮して、和輝はその無茶な要求を呑《の》んでくれた。

そのはずだ。

不意に、皿洗いの時の和輝のひと言が奏音の脳内でリフレインする。

『要するに、俺の従妹だから遠慮はいらん、てことだ』

従妹だから——。

なぜか、その単語がとても引っかかってしまった。

もし自分が従妹じゃなかったら、ひまりのようにしてくれていたのだろうか——。

そんなありえない『もし』が奏音の頭の中に広がりかけたが、それを振《ふ》り払《はら》うように奏音は首を振った。

※　※　※

第6話　ハプニングとＪＫ

次の日、仕事から帰ると――。

「おかえりなさい、駒村《こまむら》さん」

ひまりが玄関《げんかん》に立ち、ふわりとした笑顔《えがお》で出迎《でむか》えてくれた。

「あ、あぁ。ただいま」

てっきり部屋で絵を描いているのかと思ったのだが――。

鍵《かぎ》を開ける音に気付いて、わざわざ出てきてくれたのか。

こうして迎えられると何だかムズムズするな。

いや、決して嫌なわけではなく。むしろ嬉《うれ》しいのだが。

「荷物お持ちしますね」

俺の返事も待たず、ひまりは俺の手から鞄《かばん》を取った。

「う――。結構重たいですね」

「まぁ、書類とか色々と入っているからな」

「こんなに重たい鞄を持って毎日お仕事に行っているなんて……。駒村さんすごいです」

「いや、これくらい普通《ふつう》だし……」

俺と似たような鞄を持って出社している奴《やつ》なんて、ごまんといるんだけど。

まさか鞄を持って会社に行っただけで褒《ほ》められるとは思っていなかったので、俺は純粋《じゅんすい》に戸惑《とまど》ってしまう。

「お疲《つか》れですよね？　どうぞこちらに座ってください」

ひまりはそのままキッチンの椅子に俺を誘導《ゆうどう》する。

……いきなりどうしたんだろうか。

でも何となく従った方が良いような雰囲気《ふんいき》だったので、言われるがまま俺は座った。

ひまりは俺の鞄を部屋に置いてから戻《もど》ってくる。

そして冷蔵庫からペットボトルの水を取り出し、コップに注いだ。

「はい、どうぞ」

にこやかにコップを渡《わた》された。

受け取り拒否《きょひ》など許されない感じで。

「どうもありがとうございます……」

つい敬語になってしまったぞ。

ひとまず半分ほど一気に飲み干す。

食道の中を冷たい水が通っていく感触《かんしょく》は、ビールや発泡酒を飲んだ時とは違《ちが》う爽快感《そうかいかん》がある。

「美味《おい》しいですか？」

「あぁ、うん」

まぁ、ラベルにもでかでかと『おいしい水』て書いてあるしな……。

当然不味《まず》いわけがない。

そこで俺はようやくあることに気付く。

「そういえば奏音《かのん》は？」

この時間なら夕食を作っているはずなのだが、姿が見えない。

「奏音ちゃんは買い物に行ってます。何か料理酒？　がなかったとかで。慌《あわ》てて出て行っちゃいました」

「そうか」

俺とすれ違わなかったってことは、出て行ったのはかなり前かもしれない。

それならすぐに帰ってきそうだな。

「駒村さん」

「ん？」

残りの水を飲む俺に話しかけてくるひまり。

今度は何だ？

ひまりは俺の正面に座ると上目遣《うわめづか》いになり──。

「あの、ご飯──は奏音ちゃんが帰ってくるまでないし、ええと、次はお風呂《ふろ》にします？

それとも……わっ、私にします？」

ぶほっ。

思わず水を噴《ふ》き出してしまった。

「い、いきなり何を言っているんだ!?」

「え？　だってお仕事から帰ってきた男の人には、こう聞くものなんじゃないですか？」

「どこで仕入れた知識だ!?　普通はそんなことは言わん！」

まぁ、新婚《しんこん》家庭ならそういうやり取りがあるのが普通なのかもしれないが……。

そもそも俺は新婚ではないし、ましてや高校生にそんなことを言われて、素直《すなお》に応じるわけにはいかない。

「そうなのですか……」

ひまりはしゅんとするが、すぐに気を取り直したらしく顔を上げた。

「と、とにかくお風呂は沸《わ》いていますので。どうぞ！」

「その前にここを拭《ふ》かなきゃ――」

テーブルの上には、今しがた俺が噴き出してしまった水が散らばっている。

「それは私が拭いておきますから！　駒村さんは先にお風呂に入ってください！」

台拭きを取ろうとした俺を、ひまりが強い口調で遮《さえぎ》る。

「あぁ、うん。わかった……」

ひまりに圧倒《あっとう》され、ひとまず俺はおとなしく従うのだった。


「はあ～…………」

湯船に浸《つ》かると意図せず声が洩《も》れてしまった。

仕事と満員電車で疲労《ひろう》した体に、風呂の湯はやはりよく効く。

それにしても、今日のひまりは一体どうしたというのだろう。

帰ってきてからあまりにも挙動が不審《ふしん》すぎる。

と考えた直後だった。

「駒村さん。あの……」

洗面所からひまりの声が聞こえた。

風呂の磨《す》りガラス状のドアの前に、ひまりが立っているのが見える。

「入りますね」

――――――――は？

その言葉を理解する前に、既《すで》に風呂のドアは開いていた。

「いやいやいやいや!?　待て待て待て待て!?」

慌てて浴槽《よくそう》に正座で座る俺。

ひまりは片手にタオルを持っていた。

その姿を見て、俺はひまりが何をしようとしているのか察した。

――これは、絶対に拒否しなければ。

「お、お背中流しますね……！」

「流さなくていいから！　自分で洗うから！」

「でも、せめてこれくらいは――」

ガチャリ。

ひまりの語尾《ごび》に重なるようにして聞こえてきたのは、玄関のドアが開く音。

つまり――奏音が帰ってきた。

……………………。

俺、諦《あきら》めモードに突入《とつにゅう》。

そして案の定――。

「ちょっと⁉　何やってんの⁉」

風呂場の異変に気付いた奏音が、買《か》い物袋《ものぶくろ》を持ったまま洗面所に入ってきたのだった。


「あのねぇ……」

こめかみをピクピクと動かしながら、奏音は手と脚《あし》を組んで椅子《いす》に座っていた。

その正面で正座をさせられた俺とひまりは、ただ黙《もく》して奏音の次の言葉を待つのみ。

発言権は今、俺たちにはない。

「今後あぁいう行動はやめなよ、ひまり」

「はい…………」

奏音にストレートに叱《しか》られ、ひまりはうな垂れて落ち込む。

「でも、何とかして駒村さんにお礼がしたかったというか――何でも良いからお役に立ちたかったんです……」

「それはよくわかったから。でもね、あんなことされるとこっちも変な勘違《かんちが》いしちゃうじゃん」

「はい……ごめんなさい……」

ひまりはさらにしゅんとする。

奏音はそんなひまりを見ながら小さくため息を吐《つ》くと、今度はキッと俺を睨《にら》んできた。

「ちゃんと止めなよ」

「いや、止める間もなかったというか――」

「そこはもっと強く。ビシッと。大人らしく。わかった？」

「……ワカリマシタ」

さすがに言い返せない。

確かに奏音の言う通りだ。

最初からひまりのペースに流されてしまってたからな……。

今後は気をつけないと。

俺は改めてひまりの方を向く。

「ひまり。今後は俺にそういう気遣《きづか》いはいらないから。前も言ったけど、俺はひまりがちゃんと絵を描《か》く姿を見せてくれたらそれでいい」

「はい……。わかりました」

ひまりは大きく頷《うなず》く。

まぁ、たぶんもう大丈夫《だいじょうぶ》だろう――と考えた直後、ひまりは奏音に向けてキラキラした目を向けていた。

「あの、奏音ちゃんの背中は流してもいいかな？」

「うぇっ!?」

まさか自分に振《ふ》られると思ってなかった奏音は、椅子からずり落ちそうになっていた。

いや、驚《おどろ》きすぎだろ。

人が椅子からずり落ちるところを漫画《まんが》以外で初めて見たわ。

「…………ダメ？」

うるうるした瞳《ひとみ》で奏音を見つめるひまり。

ご飯を作ってくれる奏音にも何か礼がしたい——というひまりの気持ちを俺は瞬時《しゅんじ》に察することができたのだが、何も知らない奴が見たら、ただの良い雰囲気の女子二人だなこれ……。

「え、え～っとぉ……わ、私は……」

「……ダメかな？」

「あぁもう、わかったわかった！　でも一回だけ！　一回だけだからね！」

「うん！」

奏音の返事にひまりは笑顔《えがお》で頷く。

……このやり取りは俺が見ても良いものなのだろうか？

完全に話題から外された俺は、やるせない気持ちで二人のやり取りをただ見るのだった。


そんなこんなで、早速《さっそく》二人は仲良く風呂に向かった。

「わぁ……奏音ちゃん肌《はだ》キレイだね」

「ちょっ⁉　い、いきなり触《さわ》らないでよ⁉」

「あ、ごめん。つい……。でもいいなぁ」

「ひまりだって脚が細くて長いし、肌スベスベじゃん」

「うわわっ⁉　くすぐったいよ奏音ちゃん！」

「へへーん。さっきのお返し」

「むむぅ……」

二人がキャッキャしている声が洗面所から洩れ聞こえる。

もう少し声のボリュームを落として欲しいところだが、ここから注意を促《うなが》すと「聞かないでよ変態」と奏音に言われてしまうことは明白だ。

だから耐《た》えるしかないのだが…………ダメだ俺。想像するな。

無だ。無の境地に至ればこのような会話などただの雑音にしかならないはず――。

「よぉし。じゃあ奏音ちゃんの背中洗うね」

「あ、うん。ありがと」

先ほど言っていた通り、ひまりが奏音の背中を洗い始めたらしい。

「奏音ちゃん、あの——ついでにワガママを聞いてもらっていいですか？」

「ん、何？」

「触らせてください」

「えっ——ひゃぁっ!?」

「へっへっへ。お客さん良い胸持ってますねー。私にも分けてくださぁい」

「なんでいきなり怪《あや》しい人になってんの!?　ていうかちょ、ちょっと待って……。そ、そんなに揉《も》まないでってば——」

「むぅ。こんなに柔《やわ》らかくてむにむにでスベスベでずるいです」

「ひ、ひまりだってスベスベって言ったじゃん。とりゃ！」

「ひゃん！　い、いきなりお尻《しり》を触らないでください！」

……………無の境地に至るまで……遠いな……。

今日の天気は曇《くも》り空《ぞら》だった。

確か奏音とひまりが家に来た日も、夕方からこんな空模様だったなと思い出す。

二人が来てからまだ数日しか経《た》っていないが、既に何週間も経過したような錯覚《さっかく》を覚える。

二人が来てからの生活は、それほど俺にとって新鮮《しんせん》だった。

それはそうだ。

家に帰っても誰《だれ》もいなかったのに、いきなり二人も加わったのだから。

灰色の雲をぼんやりと眺《なが》めていると、書類を数枚持った磯部《いそべ》がおもむろに俺のデスクに近寄ってきた。

「なぁ駒村。これ、数字が一行ずつずれてんぞー」

「えっ――」

慌《あわ》てて磯部から渡《わた》された書類に目を通す。

これは――やってしまった。

上から三行目、数字を入力するのを忘れてそこからずれてしまっている。

「いつもミスをしないお前が珍《めずら》しいな。今も何かボーッとしてたみたいだし。体調でも悪いか？」

「いや、別にそういうわけじゃない。すまん、すぐ直す」

「ふーん……？　ま、修正よろしく。みんなの大事な給与《きゅうよ》なんだからちゃんとしてくれよなー」

パソコンの画面を睨み始めた俺を見ると、磯部は自分のデスクに戻《もど》っていった。

いかんな。仕事中もあいつらのことを考えてしまうとは。

無理やり意識を切り替《か》えるべく、俺は大きく深呼吸をした。

仕事でミスした時間を必死で取り返し、何とか定時で退社。

家に帰ると、既に奏音がキッチンに立ち夕飯を作っていた。

「……おかえり」

俺の方を見ずに言う奏音。

でも、俺としてはそれでも嬉《うれ》しかった。

「おかえりなさーい」

奥の方からひまりの声も聞こえた。

「ただいま」

まだ「ただいま」を言うのが少し照れくさい。

でも仕事から帰ったら誰かがいるって、改めて良いものだなと感じた。

俺はネクタイを緩《ゆる》めつつ、奏音の斜《なな》め後ろに立ってその作業を眺める。

フライパンの中には刻まれた豚《ぶた》バラ肉が入っており、弱火で炙《あぶ》られて良い油を出し始めている。

その隙《すき》にエリンギを切ってフライパンに投入。

そして電子レンジからブロッコリーを取り出し、それもフライパンに入れた。

なるほど。

ブロッコリーは茹《ゆ》でなくても、皿と水とラップを使えばレンジでいけるのか。

「さっきから何？　気が散るからジロジロ見ないでよ」

「いや、手際《てぎわ》がいいなって。ちなみにこれは何の料理だ？」

「特に名前はないよ。味が濃《こ》いめのただの野菜炒《いた》め。油の代わりにマヨネーズを使うやつ」

何だその裏技《うらわざ》っぽい料理は……。

まぁ確かに言われてみれば、マヨネーズも油だよな。

俺が驚き感心している間に、奏音はマヨネーズと少量のチューブにんにくを混ぜ、フライパンに投入。

火を強めて炒め始める。

そして少し経ってから黒胡椒《くろこしよう》をふりかけた。

そういえば、うちにはチューブにんにくも黒胡椒も置いてなかったはず。

この間の買い物の時に購入《こうにゆう》してたんだな。気付かなかった。

「だから、ジロジロ見ないでってば」

「すまんすまん。奏音は良いお嫁《よめ》さんになれるなと思って」

「なっ――!? へ、変なこと言ってないで先にお風呂《ふろ》にでも入ったら!?」

本当にそう思ったからなのだが、予想以上に奏音の顔は赤くなってしまった。

これはまずい雰囲気《ふんいき》かもしれない。

奏音に文句を言われる前に、急いでキッチンから離《はな》れた。


風呂から上がると、既《すで》に夕食はできていた。

さっき作っていた野菜炒めに加え、味噌汁《みそしる》もできている。

俺の部屋で絵を描いていたひまりもテーブルに加わり、夕食の時間だ。

「食べながらでいいから聞いてくれ。今後の平日昼間のことについてなんだが――」

「あ。それ、私もお話ししておきたかったです」

基本的に俺は平日は会社。そして奏音は学校。

家にいるのはひまりだけになる。

そこのところを深く考えず、昨日今日と会社に行ってしまっていたのだ。

「洗濯《せんたく》は私がやると決めましたけど、掃除《そうじ》もしておきましょうか？」

「それは俺としては助かるんだが、一つだけお願いがある。掃除機は使わないでくれ。音で近隣《きんりん》の住民にひまりの存在がバレるかもしれん」

「あ、そうか……。わかりました」

ひまりの存在は最重要機密事項《じこう》だ。

彼女の存在が外に洩《も》れた時点で、色々と終わる。

「それと、昼飯はどうする？　昨日も今日も朝に奏音がおにぎりを作っていたが――」

奏音は自分の弁当を作るついでに、ひまりの昼食用とおにぎりを作っていた。

ひまりは奏音のように料理ができない。

カップラーメンならお湯を注ぐだけなのでさすがにひまりでもできそうだが、昼間に換気扇《かんきせん》を付けるとさっきの掃除機と同様、これまた近隣の住民に気付かれそうなので、正直なところやめてほしい。

「奏音ちゃん。おにぎりくらいなら私も作れるから、明日からは自分でやるよ」

「ん、わかった。じゃあひまりの昼食用に、お弁当のおかずをちょっと多めに作って取っておくね。それを食べたらいいっしょ」

「うん、ありがとう。それから私、アルバイトを探そうと思っています」

『えっ――』

ひまりの発言に、俺と奏音の声が見事にハモった。

「いや、家出をしているのにそれはまずいんじゃないか？」

「そうだよひまり。危ないよ……」

「駒村さんも奏音ちゃんもありがとう。でも私、今日一日考えました。このままただお世話になりっぱなしになるのは、やっぱりどうしても嫌《いや》です。せめて、自分の食事代くらいは出したいです」

「でも――」

ひまりの真剣《しんけん》な顔を見て、俺はそれ以上何も言えなくなってしまった。

この目は本気だ。

ひまりは、夢のために家出をしてくるほどの行動力があるわけで――。

彼女の決意を変えることは困難だと、その目を見て理解してしまったのだ。

奏音もそれを察したらしく、不安げな顔でひまりを見つめるだけだ。

「意志は固そうだな……。でも、本当に大丈夫《だいじょうぶ》か？　もし見つかったら、もう夢がどうこう言っていられなくなると思うんだが」

「前にも言ったと思いますが、それは問題ないと考えています。本当に、うちの親は世間《せけん》体《てい》を気にするタイプで……。絶対に大ごとにしたくはないだろうから、公的な機関を使って私のことは捜《さが》さないと思っています。念のため捜索《そうさく》願いが出ていないかネットで検索《けんさく》してみたのですが、今のところ私に関する情報は出ていませんでした」

「なるほど……」

実は俺もそういう情報がないか、警察のホームページをこっそり見たりしていたのだが、ひまりの言う通りそういう情報はまだ出ていなかった。

よくよく考えると、俺はまだひまりの苗字《みょうじ》さえ知らない。

もしかしたら『ひまり』という名前も、偽名《ぎめい》である可能性がある。

しかし、そこは深く追及《ついきゅう》するつもりはなかった。

それは、ひまりが俺の家にいることを誰かに知られてしまった時のことを考えて、だ。

彼女の本名は知らなかった。

知らされていなかった。

騙《だま》されていた。

そういう言い訳の一つとして利用できるから。

……こんなことを計算している俺は、かなり卑怯《ひきょう》かもしれない。

彼女を助けている一方で、見放す時のことも考えているのだから——。

「あの、だからアルバイトをやっても良いですか？　コンビニとかではなく、親に見つかる可能性が限りなく低い所を探しますので……」

「ひまりがそこまで言うならわかったよ……。じゃあ明日、履歴《りれき》書を買って帰ってくるから。でも……本当に良いんだな？　これで親に見つかった場合、たぶん俺は助けてやることはできない」

ひまりは少しだけ目を閉じて何か考えていたが、すぐに目を開けて大きく頷《うなず》いた。

「はい」

「……わかった」

彼女の意志を確認《かくにん》したところで、奏音が食器を持っておもむろに立ち上がった。

「ごちそうさま」

箸《はし》が止まっていた俺とひまりは、慌ててご飯を食べ進める。

奏音が作った名前のない野菜炒め。

マヨネーズの味はほとんどせず、黒胡椒の効いた豚肉が非常にご飯と合う。

初めての味だったが、これはこれで美味《うま》い。

しかし自分で作らなくても料理が食べられるって、すげぇありがたいよな……。

これまでのコンビニ弁当やスーパーの総菜生活だった日々を思うと、改めて身に染《し》みる。

しかも、作ってくれているのは女子高生だ。

さらに料理は作れないが、掃除や洗濯をしてくれる女子高生もいる。

世の独身男性に知られたら、俺は嫉妬《しっと》で殺されてしまうかもしれない。

この状況《じょうきょう》は誰《だれ》にも知られてはならないと、改めて心の中で誓《ちか》うのだった。


食器洗いを済ませた後、一息つくためリビングのソファに座る。

そのタイミングでソファの上に放置していたスマホから、充電《じゅうでん》が少ないことを告げる音が鳴った。

充電ケーブルをスマホに挿《さ》したところで、俺はあることを思い出す。

「そういえば、まだ奏音の連絡《れんらく》先を聞いてなかったな。教えてもらってもいいか？　いざという時に困るし」

ソファの下、フローリングに直に座ってテレビを見ていた奏音が振《ふ》り返る。

「あ、うん」

奏音は自分の電話番号が表示された画面を見せてきた。

俺はすかさず電話帳に登録。そのまま奏音の電話にかけてワン切りした。

奏音の方も、すぐに俺の電話番号を登録したようだ。

操作を終えると、何事もなかったかのようにテレビに視線が戻《もど》った。ドラマが気になるらしい。

俺がドラマを見るのは、高校生の時以来かもしれない。

今時の俳優の名前はほとんどわからんが、やっぱりイケメンであることに変わりはなかった。

そういうイケメンが『冴《さ》えない男』役を演じるのに違和感《いわかん》を覚えるようになってしまったのが、十代の頃《ころ》との違《ちが》いかもしれない。

まぁ、ただのやっかみだ。

そういえば奏音、SNSの方については何も言わなかったが——まぁ別にいいか。

一応アカウントは持っているのだが、ほとんど利用していないし。公式からスタンプのお知らせが届くくらいだ。

友達や同級生とは、今はほぼ連絡を取っていない。

休日返上で仕事をしないといけない時に限って同窓会のお知らせが届いていたのだが、毎回『不参加』にしていたら、そのお知らせすら届かなくなってしまった。

自分の行動の結果とはいえ、ちょっと寂《さび》しい。

「そういえば、ひまりはスマホは持っていないのか？」

俺の部屋でパソコンに向かっているひまりに声をかける。

「私は家に置いてきました。ＧＰＳで位置を特定されたくなかったので……」

「なるほど……」

ということは、ひまりとの連絡手段がないということか。

——いや、待てよ。

「じゃあ家の電話番号を教えておくよ。奏音もついでに、こっちの番号も登録しておいてくれ」

「わかった。後で教えて」

俺はリビングの端《はし》に置いてある、ＦＡＸ付き固定電話の前に移動する。

現在ほとんど使っていないので、本体にはうっすらとホコリがかぶっていた。

俺が入社したばかりの頃、当時の上司がパソコンをほとんど使えず、メールでなくＦＡＸで連絡をしてきた時があったのだ。これはその時の名残《なごり》だ。

あの時は結構ツラかった……。

そろそろ解約しようかと思っていたのだが、それはもう少し先にしておこう。

「もし何かあったら俺に連絡してくれ。わかってると思うけど、家に電話がかかってきても取らなくていい。常に留守電設定にしておくから」

俺のスマホと家の電話番号を書いた紙をひまりに渡《わた》す。

ひまりは番号を眺《なが》めながら、こくんと頷いた。

「あ、私の番号もひまりに教えておくね」

奏音も鞄《かばん》から可愛《かわい》らしいメモ帳を取り出し、自分の番号を書いてひまりに渡す。

「ありがとう」

ひまりは俺たちから受け取ったメモ用紙を、パソコンのすぐ側《そば》に置いていた。

今日は奏音から先に風呂《ふろ》に入り、ひまりが後だ。

俺は帰ってからすぐに入ったが、風呂の順番も決めた方が良いのだろうか。

でも、残業があると帰るのが遅《おそ》くなるしな。そこは臨機応変でいいか。

奏音は風呂に入った後だからか、ソファに座ったままウトウトとしていた。

てっきり集中してテレビを見ているものだとばかり思っていたのだが、どうりで静かだったわけだ。

俺もそろそろ歯を磨《みが》くか。発泡酒《はっぽうしゅ》も飲み干したし。

「よいしょ」

立ち上がる時につい声が出てしまった。

おっさん化しているなと自分でも思うが、出てしまうものはしょうがない。

さて、明日も何事もなく過ごせればいいが——。

そう考えながら、洗面所のドアを無意識の内に開けていた。

本当に、無意識だった。

歯を磨くために洗面所に行く——。

これまでの生活で体に染みついていた、何てことのない動きだった。

風呂上がりのひまりがそこにいるなんて、なぜかこの時の俺の頭からは、スッポリと抜《ぬ》け落ちていた——。

「へっ⁉　あっ⁉　わっ⁉　えっ⁉」

「——っ⁉　すまん！」

慌《あわ》ててドアを閉める。

信じられないほど、心臓の鼓動《こどう》の速度が上がっていた。

……素《す》っ裸《ぱだか》だった。

若くて健康的な、それでいて白い体。

細くて、柔《やわ》らかそうな脚《あし》。

大きくはないが形の良い双丘《そうきゅう》。その先端《せんたん》は綺麗《きれい》なピンクで――。

――っ！　ダメだ。思い出すな。忘れろ。忘れるんだ俺。

ええと、何か萎《な》えることを思い浮《う》かべろ。

何か、何かないか？

そうだ。今朝の電車で俺の隣《となり》にいたおっさん。バーコード頭のあのおっさんの顔。

……うん、良い感じだ。

満員電車で、あのおっさんと密着することを余儀《よぎ》なくされたもんな。

異常に汗《あせ》をかいていたからすげぇ嫌《いや》だったんだが、あの体験がこんなところで役立つとは。

あのおっさんも、自分の姿が俺のこんな用途《ようと》に使われているとは、夢にも思っていないだろう。

「ひゃあああああああ!?」

数秒遅《おく》れてから、洗面所からひまりの悲鳴が響《ひび》いた。

どうやら、何が起こったのか理解するのに時間がかかったらしい。

うん、完全にフリーズしていたもんな――ってだから思い出したらだめだ俺！

おっさん、もう一度助けてくれ……。

「どうしたのひまり⁉」

ひまりの悲鳴を聞きつけ、奏音が慌てて駆《か》けつける。

そして洗面所の前でしゃがみ込む俺と目が合ったのだった。

「いきなり入るとか信じられないんだけど⁉」

正座をしてうな垂れる俺に、仁王《におう》立《だ》ちした奏音が怒声《どせい》を浴びせる。

ひまりはというと、洗面所から出てきて早々、俺の部屋に駆け込んでドアを閉めてしまった。

いやもう、これは完全に俺が悪い。平謝りするしかない。

「すまんひまり。本当にすまん」

部屋にいるひまりにも聞こえるように、平身低頭で謝る。

「ただ、わざとじゃなかった。これは絶対だ」

「本当に……？　この間私とひまりが一緒《いっしょ》にお風呂に入ったから、自分も許されると思っちゃったんじゃないの？」

「そんなこと考えるわけないだろ⁉　言い訳になってしまうんだが——弟と暮らしていた

時も、洗面所に入る時にいちいち気を遣《つか》ったことがなかったんだ。だからつい今まで通り入ってしまって……。信じてもらえないかもしれないが、本当にわざとじゃなかったんだ。これからは気をつける。本当にすまなかった」

「まぁ、覗《のぞ》きをすっ飛ばして堂々と入っていったから、逆に下心はないと言えるかもしんないけど……。とにかく、次からは気をつけてよね！　私たちがいることを忘れないで！」

「もちろんだ。もう間違いは犯《おか》さない」

「――て言ってるけど、ひまり的にはどう？　フライパンで頭を殴《なぐ》るくらいは許されると思うけど」

怖《こわ》い提案をするな奏音。

いや、それでひまりの気が済むならもちろん受けるが……。

「あ、いえ。ちょっとびっくりしただけで――。その、もう大丈夫《だいじょうぶ》です、はい……。私の方こそ、何かすみません……」

部屋のドアを少しだけ開け、そこから恥《は》ずかしそうに顔だけを覗かせるひまり。

「ひまりは謝る必要ないから」

「そうだな。俺が全面的に悪い」

「えっと……駒村さんがとても反省しているのはよくわかりましたので……。その、うん、もう大丈夫です。あの、今日はもう寝《ね》ます……」

それが良いだろうな。

正直、いつまでもこの空気が続くのは俺もちょっとツラい。

そんなわけで、何とも言えない空気の中、俺たちはそそくさと就寝《しゅうしん》準備を始めるのだった。

※　※　※

——眠《ねむ》れない。

なぜか、奏音の目は冴えていた。

電気を消して結構経《た》っているので、既《すで》に目は暗闇《くらやみ》に慣れている。

隣のひまりの方を見る。

彼女も眠れないらしく、ゴロゴロと何度も体勢を変えていた。

「……大丈夫？」

奏音は思わず聞いてしまっていた。

ひまりにしてみれば、先ほどの出来事は相当ショックだったに違いないだろうから。

「奏音ちゃん……。正直に言うと、ちょっと悲しいです……」

ひまりの声は沈《しず》んでいた。

やはり、すぐに切り替《か》えられないよな——と奏音が考えたところで、ひまりは言葉を継《つ》いだ。

「私、やっぱり子供としか見られていないんだなって……」

「…………え？」

奏音には、ひまりの言葉がすぐに理解できなかった。

「駒村さん、私の裸《はだか》を見た後も全然態度が変わらないです……。だから、女として見られていないんだなって……」

——なるほど。

確かに和輝《かずき》は終始謝りっぱなしだった。それも、心からの謝罪だ。

「偶然《ぐうぜん》とはいえ女子高生の裸を見ることができてラッキー」という態度は、まったくもって感じなかった。

つまり本人が言っていた通り、和輝は本当にロリコンではないのかもしれない。

いつだったか彼氏持ちの同級生が「男は狼《おおかみ》だから豹変《ひょうへん》するよ？」と言っていたのも、和輝には当てはまらないのかもしれない。

それは和輝が、大人の男性だからだろうか。

まだまだ、男性という存在に対して警戒心《けいかいしん》はある。

それでも和輝は——と考え始めたところで、奏音に睡魔《すいま》が襲《おそ》ってきたのだった。

※　※　※

第7話　血縁《けつえん》とJK

「駒村《こまむら》～。今日呑《の》みに行かね？」

終業時間が来て帰宅準備をしていると、磯部《いそべ》がまた呑みに誘《さそ》ってきた。

「いや、遠慮《えんりょ》しとく」

「そんなこと言わずにさー。今日くらいはいいじゃん？　な？」

いつもは断るとアッサリと引き下がるのに、珍《めずら》しく今日は強引《ごういん》に誘ってくる。

「すまん。今ちょっと節約してるんだよ」

「そんなこと言っちゃってー。最近全然ＯＫしてくれないじゃん。俺そろそろ悲しくて泣いちゃうよ？」

「今日はやけに絡《から》んでくるな……。もしかして何か嫌なことでもあったのか？」

「そう、それな。駒村のそういう察しが良いところ好き！」

「お前に好きって言われてもな……」

男に言われても、あまり嬉《うれ》しくはない。

「もうー、つれないなぁ。いいから聞いてくれよ。毎朝同じ電車に乗っている清楚《せいそ》系でちょっと良いな～って思ってた娘《こ》がいたんだけどさ、今日見たら彼氏連れてたんだよ！　俺何もしていない内に振《ふ》られた！　こんな悲しいことがあるか？」

「うん、そうか。残念だったな。……話はもう聞いたからわざわざ店に行く必要ないな」

「駒村のそういう合理的なところ、冷たくて良くないと思います！　嫌《きら》い！」

好きなのか嫌いなのか、どっちなんだ。

「とにかく俺は帰るから」

「うーん……何かお前、最近ソワソワしてんだよなぁ。俺の野生の勘《かん》が叫《さけ》んでいる。もしかして駒村、彼女できたか？」

一瞬《いっしゅん》ドキッとしてしまったが、落ち着け俺。彼女ではない。

だが、磯部に悟《さと》られてはいけない。

家事をしてくれるワケあり女子高生が、二人も家にいるなんてことは。

「残念だが彼女ではない。そもそもお前の野生の勘が正確なら、電車で見かけた娘に彼氏がいたことくらい、最初から見抜《みぬ》けてたはずだろ」

「そのひと言が傷心の俺をさらに傷つけた……。いや、その通りなんだけどさぁ。問答無用すぎんだろ」

「とにかく俺は帰るから。今日は他《ほか》を当たってくれ」

「他の奴《やつ》だと弄《いじ》られそうなんだよー。お前のそういうクールな態度が今の俺には必要なの」

「悪いが、本気で今日は帰りたいんだ」

「うー。駒村のいけずー」

「何とでも言ってくれ」

俺は落ち込む磯部に背を向けて部屋を出る。

さすがに諦《あきら》めたのか、背後から他の同僚《どうりょう》に泣きつく磯部の声が聞こえてきたのだった。

悪いと思いつつも、今の俺は他人の恋愛《れんあい》の愚痴《ぐち》に付き合っている時間がないので仕方がない。

やっぱり、二人だけを家に置いておくのはちょっと心配なのだ。


今日も帰ったら、奏音《かのん》が夕食を作っていた。

「お。今日はハンバーグか」

フライパンには三人分のハンバーグが入っている。

社会人になってから多少味覚が変わって、子供の頃《ころ》はそこまで好きでもなかった煮物《にもの》や漬物《つけもの》も食べるようになったが、ラーメンやカレー、ハンバーグ等の子供の頃から好きなメニューも相変わらず好きだ。

今日の昼もラーメンだったしな。

「だから、作っているところは見ないでってば。気が散るし」

奏音に言われて慌《あわ》てて離《はな》れる。

俺としては、今後の自炊《じすい》のためにも見て勉強しておきたいのだが……。

まあ、それはもう少し奏音が打ち解けてくれたらにしよう。

「おかえりなさい駒村さん。ちょうどお風呂《ふろ》のお湯が溜《た》まったところです」

そう言いながらひまりが洗面所から出てきた。

しばらく避《さ》けられることも覚悟《かくご》していたのだが、昨日の出来事などなかったかのように普通《ふつう》だ。

……いや、だから今思い出すな俺。忘れるんだ俺。

「先に入りますか？」

「うん、そうする」

荷物を置いて早速《さっそく》風呂へ向かった。

ひまりの言った通り、浴槽《よくそう》には半分ほどの湯が張ってあった。

「ふいー……」

湯に浸《つ》かった直後、思わず声が出てしまった。

やっぱりシャワーだけで済ますのと湯船に浸かるのとでは、疲《つか》れの取れ方が全然違うな……。

これから暑くなってきたらシャワーで十分だろうが、時々はこうやって湯船に浸かるのも大事かもしれない。

一人だと浴槽に湯を張る作業すら面倒臭《めんどうくさ》かったのだが、二人のおかげで負担がないのは助かる。

ふと、二人がいなくなった時のことを考えてしまう。

その場合、前と同じ生活に戻《もど》るだけなのだが――。

少し嫌《いや》かもしれない、と思ってしまった。

風呂から上がって着替《きが》えた直後、洗濯機《せんたくき》の上に置いていた俺のスマホが鳴った。

発信者は親父《おやじ》だ。

「もしもし。俺だけど」

二人に聞こえないよう、極力声を落とした状態で電話に出る。

『突然《とつぜん》すまんな和輝《かずき》。あれから奏音ちゃんの様子はどうだ？』

「今のところ問題なくやってるよ」

まぁ、まだ完全に心を開いてくれているわけではないんだが。

ひまりがいなかったら、奏音とはもっとギクシャクした雰囲気《ふんいき》だったかもしれないが
——当然ながら、ひまりのことについては親父にも言えない。

『それなら良かった。うちは女の子を育てたことがないし、奏音ちゃんは男と暮らしたことがないから、ちゃんとやっていけるか少し心配していたんだ』

その心配は概《おおむ》ね当たっているぞ親父。

俺にとって女子高生は、まだまだ未知の存在だ。何とか誤魔化《ごまか》してはいるけどな。

『それで翔子叔母《しょうこおば》さんのことなんだが——まだ見つかっていない』

「そうか……」

『何か情報が入ったらすぐに連絡《れんらく》する。だからもうしばらくは奏音ちゃんを頼《たの》む』

「わかった。親父も無理しすぎんなよ」

『……おう』

通話を終了《しゅうりょう》してから天を仰《あお》ぐ。

今さらだが、奏音は不安に思っていないのだろうか。彼女の態度からは、その辺りの心情を全く察することができない。

とにかく、今の俺にできることは、奏音を家に置いておくことだけ――。

だからせめて、奏音の心がちゃんと安らげるようにしてやりたいと改めて思った。


夕食を食べ始めた直後、「そういえば――」と奏音がおもむろに切り出した。

「ご飯を作ってる時に思い出したんだけど、二人の嫌いな食べ物をまだ聞いていなかったなって」

「確かに」

むしろ、どうしてそんな大事なことを今まで忘れていたのか。今日まで全員がそのことを考えなかったのが逆に凄《すご》い。

と考えながらハンバーグを一口。

うん、柔《やわ》らかいし口の中に肉汁《にくじゅう》が広がる。美味《うま》い。

弟と暮らしていた時にハンバーグは一度だけ作ったことがあるのだが、その時はつなぎのパン粉を用意するのを忘れていた。

そのまま無視して作ったら、おそろしいほどパッサパサなハンバーグになってしまったことを思い出した。

「嫌いな食べ物っていうか、その前にまずアレルギーはある？　これ真っ先に聞くべきだったんだろうけど」

「確かに……」

「ちなみに俺は、食物アレルギーはない」

アレルギーはダニなどのハウスダストはちょっとだけあるのだが、今は関係ないから言わなくても良いだろう。

ひまりもちゃんと掃除《そうじ》をしてくれているし。

「私も特にないです」

「そかそか。良かった。じゃあ嫌いな食べ物は？」

「私は――キュウリが苦手です。子供の頃に店で買ったサンドイッチに入っていたキュウリが、その、ちょっと傷《いた》んでいたみたいで……。シャキシャキした食感を期待していたのに、嚙《か》んだらぐにゃっとしたんです。何かそこから急に気持ち悪くなってしまって、ダメになりました……」

「うわぁ……」

悲惨《ひさん》なエピソードに、思わず顔をしかめる俺と奏音。

少女だったひまりが、サンドイッチを片手にショックを受けている様子が簡単に想像できてしまった。

「俺は大体の物は食べられるんだが——牡蠣《かき》だけはどうもダメだな。まぁ今はシーズンではないし、そもそも高いからわざわざ料理することはないと思うんだが、一応言っておく」

「あ、同じだ。私も牡蠣ダメ」

奏音との意外な共通点が発覚した。

「見た目がもう何かグロいし」

「わかる。あと食感な」

「超《ちょう》同意。気持ち悪い」

「それに磯《いそ》の匂《にお》いがキツいんだよ」

「そうそう。味噌汁《みそしる》とかに入っているアサリくらいならまだ大丈夫《だいじょうぶ》なんだけどねー」

「それな。アサリと違《ちが》ってデカイからダイレクトに鼻に来るんだよ」

牡蠣の悪口で盛り上がる俺たち。

そんな俺らを見て、ひまりがクスクスと笑い始めた。

「な、何だ……？」

「あ、すみません。やっぱり二人はいとこだからかな。盛り上がっている時の顔が良く似ているなぁと思って」

「なっ——!?」

なぜか顔を赤くする奏音。それっきり黙《だま》ってしまった。
俺と奏音、似ているのか……。
まだまだ未知の存在だと思っていたが、ひまりの言葉を受けて急に親近感を覚える。
そして奏音と似ていると言われて、嫌な気持ちを抱《いだ》かなかったことに気付いた。
奏音はどう感じたのかはわからないけれど。

第8話　ブレイクタイムとＪＫ

とある休日――。

朝ご飯を食べ終え、掃除などの家事も終えた俺たちは、リビングのソファでくつろいでいた。

そんな中、奏音《かのん》がおもむろに立ち上がる。

「紅茶淹《い》れるけど、二人も飲む？」

そういえばいつの間にか、キッチンに紅茶のティーバッグが増えていた。

奏音が買ってきたのだろう。

俺が買うのは水か発泡酒《はっぽうしゅ》だけだったから、そのあたりの飲料は好きにして良いと言っていたのだ。

奏音は麦茶も作って冷蔵庫に入れているが、今日の分はテーブルの上でまだ粗熱《あらねつ》を取っている最中だ。

「そうだな。一杯《いっぱい》頂こうか」

「あ、私がお湯を沸《わ》かします」

そう言ってひまりも立ち上がる。

「それくらい私がやるよ」

「奏音ちゃんばかり動いてもらうわけにはいきません」

「まあまあ二人とも。今日は休みだし、ここは俺がやるから座ってろ」

奏音とひまりはお互《たが》いに顔を見合わせて——。

「そんじゃどうぞ」

「お願いします！」

二人して仲良くソファに座ってしまった。

……何だろうこの、お笑い芸人のように上手《うま》く嵌《は》められた感は……。

まあ、湯を沸かすくらい別に良いんだけど。


ヤカンに火をかけてから、カップに紅茶のティーバッグをセットする。

こうして紅茶の準備をするのも、人のために飲み物を用意するのも初めてだ。

普通《ふつう》なら、こういうことは初日から俺がやらなければいけなかったのだろうが……。

家に人を呼んだことがない独身男だったので、そこは許して欲しい。

やがてヤカンの口から蒸気が噴《ふ》き出し始めた。

すぐにコンロを止め、カップに湯を注ぐ。

その瞬間《しゅんかん》、紅茶の良い香《かお》りがふわっと鼻を通り抜《ぬ》けた。

紅茶は滅多《めった》に飲まないが、この香りは好きな方だ。

コーヒーとはまた違う良さがある。

「そういえば砂糖はどうするんだー？」

リビングに向けて声を投げる。

奏音は角砂糖とガムシロップも購入《こうにゅう》していた。

「私は砂糖一個と牛乳を少しお願いしまーす」

ふむ。ひまりは牛乳を入れる派と。

「私は……さ、砂糖四個とガムシロで……！」

少し恥《は》ずかしげに答える奏音。

「四個も入れると甘くないか？」

「甘いのが好きなの！」

ムキになるところを見ると、本人もちょっと多めなのは自覚しているらしい。

そんなに砂糖を入れて、そもそも溶《と》けるのだろうか。

カップの底でザリザリにならないか？

あと糖尿病《とうにょう》になってしまうのでは……とも思ったんだが、まあ毎日飲んでるわけじゃないからいいか。

それにしても、奏音は味覚が割と子供っぽいんだな。

毎日作ってくれている料理からは、そんな雰囲気《ふんいき》は全然感じないのだが。

意外な奏音の一面に、思わず俺は小さく笑っていた。


ソファに座り、それぞれ紅茶を飲む俺たち。

テレビでは情報番組が流れており、地元の美味《おい》しいクレープ屋を取材していた。

たまたまだが、味覚と視覚が合っているのでちょっと嬉《うれ》しくなる。

ちなみに、俺の紅茶はストレートだ。

「そういえば——ひまりに聞きたいことというか、言っておきたいことがあるんだが……」

俺はふとあることを思い出していた。

「はい。何でしょうか？」

首を傾《かし》げるひまり。

一瞬だけ躊躇《ためら》う。

これは奏音がいない時にした方が良い話題だったかもしれない——と今さら気付いたか

らだ。

だが、もうやめられるような雰囲気ではない。

意を決し、俺は口を開く。

「その、前に言ってたと思うんだが、同人誌で色々と知ったというか、その……」

ダメだ。

できる限りストレートに言わないようにしたのだが、要領を得ない言葉になってしまった。

もし彼女が十八歳未満は閲覧《えつらん》禁止のモノを読んでいた場合、それは大人として注意しておかなければならないと思ったわけだが――。

やはりそれを真正面から聞くのには抵抗《ていこう》があったのだ。

ひまりは少し考えてから、満面の笑《え》みを浮《う》かべた。

「はい！　実はとても好きな絵描《えか》きさんが同人誌を発行していまして。私、中学生の時からその方を追いかけているんです！」

テンション高めに答えるひまり。

好きなのは構わないが、問題はその内容だ。

「そ、そうなのか。ちなみに内容はどんな……？」

「ほとんどは全年齢《ねんれい》のギャグ本なんですよ。彼女の笑いのセンスが本当に好きでして……。でもたまにシリアスだったり切ないお話も描いたりするんです。その落差も尊敬するところの一つで——って、どうしました駒村《こまむら》さん？　何だか呆《ほう》けてますけど」

「あ、いや……。本当に好きなんだなと」

「はい！」

ひまりの眩《まぶ》しい笑顔に、言いようのない罪悪感が襲《おそ》ってくる。

もしかしなくても俺は、『同人誌』というものに対してかなり激しい誤解をしていたのではなかろうか……？

いやだって。俺の中では同人誌って、ファ〇ザでダウンロードして読むものという認識《にんしき》しかなかったから……。

とりあえず話を聞く限り、ひまりは同人誌でいかがわしいことを学んでいるわけではなさそうだ。

身構えていた分、安堵《あんど》してしまった。

逆に前に言っていた「家出ものの同人誌」の内容が気になるところではあるが、そこはあえてツッコまないようにしよう。

ひまりの話を聞く限り、たぶんギャグなんだろう。うん。

気を落ち着けるために、ここで紅茶を一口。
……………うむ。
こういう気分の時は紅茶って良いものだな。
ストレートな苦みが頭を覚醒《かくせい》させてくれる気がする。
ズズッと飲み干したところで、隣《となり》の奏音と目が合った。
彼女は「ひまりが何を言っているのかサッパリわからない」という顔をしている。
たぶん、何もわからないままの方が良いと思う。
世の中には知らなくて良いこともあるのだ。
俺はこれ以上その話題を続けないため、テレビに視線を戻《もど》した。

第9話　名前とJK

それから数日間は何事もなく過ぎていった。

奏音《かのん》がご飯を作り、ひまりが洗濯《せんたく》と掃除《そうじ》をする。そして俺は生活用品の買いだし。

食材を購入するためのお金は、奏音にいくらか渡《わた》していた。

奏音は毎回レシートを提出してくれるので、それについては心配していなかった。

大きな変化といえば、ひまりが描いた絵をついに見ることができた。

今までは「描いている途中《とちゅう》を見られるのが恥ずかしい」と、ノートパソコンの角度を変えてわざわざ見えないようにしていたのだ。

初めて見たひまりの絵は——素人《しろうと》の俺にはただ「すごい」としか言えなかった。

緻密《ちみつ》な背景の描《か》き込み、明るくて優《やさ》しい色彩《しきさい》。

そして、肌《はだ》に触《ふ》れたくなるような女の子の絵。

油絵とは違《ちが》うけど、漫画《まんが》絵とも違う。

俺はイラストの種類とかよく知らないので、これが『何系』に分類されるのかはわからないけど。

俺と奏音は、終始「すごい」を連発していたと思う。
それくらい、ひまりの絵は俺たちにとって新鮮《しんせん》な衝撃《しょうげき》を与《あた》えてくれた。
照れくさそうに、でも嬉しそうに笑うひまりの顔が印象的だった。

いつものように仕事を終え、歩いて帰宅していた最中。
突然《とつぜん》スマホが鳴った。
発信者を見ると、奏音だった。
どうしたんだ？
奏音から電話がかかってくるのは初めてだ。
俺はすぐに電話に出る。
「どうした。何かあったのか？」
『今さぁ、駅前のスーパーで買い物をしているんだけど――』
プツッ。
言葉途中で、突然電話が切れてしまった。
…………え？

間違えて通話終了《しゅうりょう》ボタンでも押してしまったか？

とりあえず気になるので、今度は俺から電話をかけてみる。

だが――。

『おかけになった電話は、お客様のご都合により、おつなぎできません』

聞こえてきたのは、平坦《へいたん》な音声アナウンス。

どういうことだ？　着信拒否《きょひ》？

でも、奏音からかけてきておいてそれは何か変だ。

現時点での奏音の俺に対する態度から察するに、こんなイタズラはしてこないと思うし。

念のため奏音から電話がかかってこないか少し待ってみたが、一向にその気配はなかった。

――もしかして奏音に何かあったのか？

不安による悪寒《おかん》が、急激に全身に広がっていく。

一体何だ？　どうした？　何があった？

……確か、駅前のスーパーで買い物をしていると言ってたな。

いてもたってもいられず、俺はスマホを握《にぎ》りしめたまま駆《か》け出していた。

駅前のスーパーの前に、奏音は買《か》い物袋《ものぶくろ》を二つぶら下げて立っていた。

俺は奏音の姿を見た瞬間《しゅんかん》、安堵と不安が入り交じって本当に脱力《だつりょく》しそうになってしまった。

走って来た俺の姿に気付いた奏音は、大きな目をさらに丸くする。

「ど、どうしたの。そんなに慌《あわ》てて」

「いや、いきなり電話が切れるし、その後も繋《つな》がらないし。奏音に何かあったんじゃないかと思って――」

浅い呼吸を繰《く》り返しながら答える俺。本気で走ったのでかなり苦しい。

ひまりを撒《ま》こうとした時以上に、スピードは出ていたと思う。

「あぁ、ごめん。絶妙《ぜつみょう》なタイミングでスマホ止められちゃったらしくて。通話料金を払《はら》ってなかったみたい」

「何だそれ……。心臓に悪すぎるわ」

しかしあの音声アナウンスは、携帯《けいたい》料金が未納の時に流れるやつなのか。

初めて聞いたからわからなかった。

「とにかく、何もなくて本当に良かった」

「心配、してくれたんだ……」

意外そうな顔をする奏音に、少しだけムッとしてしまった。

奏音は俺を何だと思っているのだろうか。さすがに俺だって、従妹《いとこ》を心配するくらいの心はある。

「そんなの当たり前だろう」

「あ……ごめん……」

「まぁ、何事もなかったから良しとしよう。それで、結局何を言おうとしていたんだ？」

「あ、ええと。お菓子《かし》を買ってもいいかなぁって。ほら、ひまりはあまりお昼ご飯にちゃんとした物を食べられないし。おにぎりとお弁当の残りだけじゃ、お腹空《なかす》くと思うんだよね」

「む……」

言われてみればそうか。

ひまりの存在がバレないように昼に換気扇《かんきせん》を使うことを禁止してるので、火を使うような料理を食べさせてやることができない。

電子ケトルがあればカップ麺《めん》も作れるだろうが、生憎《あいにく》と俺の家にはない。

「というわけで勝手に買っちゃった」

「買ったんかい」

いや、断るつもりはなかったから別にいいのだが。

「だって、あんな電話の切れ方しちゃったら外で待ってた方が良いかなって。既《すで》に買い物カゴに商品入れてたし、棚《たな》に戻していくとお店の人に怪《あや》しまれちゃうだろうから、それならサッサと会計を済ませてしまって待っていようかと」

「わかったわかった。それで、何を買ったんだ？」

「ええと、プリンとチョコとポップコーンとポテチと、それからパイとクッキーと――」

「いや待て。ちょっと多くないか？」

「で、でもほら、買いだめしておいた方がひまりも助かるだろうし」

「そんなこと言って、本当は奏音が食べたいだけなんじゃないのか？」

「うっ――。そ、そんなことないし？」

「いや、わかりやすいなお前」

まぁ、一日で全部食べるわけではないだろうしいいか。

……食べないよな？

一抹《いちまつ》の不安が胸を過《よ》ぎる。

「とりあえず、この量なら一週間は保《も》つだろうから――」

「え？　二日か、保って三日っしょ？」

「えっ？」

「えっ？」

お互《たが》いに固まる俺たち。

このお菓子の量を二日で——。

奏音の顔を見るに、冗談《じょうだん》を言っているようには見えない。

「……もしかして奏音、よく食べる方、なのか……？」

「そっ、そんなことないもん！　今まで作ってきたご飯の量も普通《ふつう》だったでしょ！」

「確かにそうだが、もしかして我慢《がまん》してたのかと」

「してないよ。そりゃ食べ放題のお店だったらあの三倍くらいは食べるけど、普段は別に普通の量で満足できるというか、どうしても足りないとかは思ってないし……」

「三倍くらい」

出てきた数字に驚《おどろ》き、思わず俺は復唱してしまった。

奏音は「あっ——」と声を洩《も》らすと、顔を赤く染めて俯《うつむ》く。

これは、思わず本音が出てしまったパターンか。

しかし、なるほど……。奏音は実は大食いだったのか。

そういえば、初日で盛大《せいだい》に腹が鳴っていた気がする。

一度、奏音の心ゆくまでご飯を食べさせてやりたい気もする。

まぁひとまずそれは別の機会に考えるとして、俺は奏音が持っていた買い物袋を強引《ごういん》に奪《うば》い取る。

「え――」

「荷物くらい俺が持つって。さぁ帰るぞ」

「う、うん」

俺の後から付いてくる奏音。

「そういえば、俺用のお菓子も買ってくれてるんだよな？」

「あ――」

「何だその『あ』は」

「いや、冗談だって。ちゃんといくつかは買ってるから。うん、いくつかは……」

「その言い方すげぇ気になるんだけど」

背中越《ご》しに、そんな他愛《たわい》もない会話をしながら帰路につく。

今までで一番、奏音と話した気がする。

夕食時。鯖《さば》の煮付《につ》けを箸《はし》でつつきながら俺は切り出す。

「さて。これから奏音のスマホをどうするか、だが――」

「振《ふ》り込《こ》み用紙がうちに届いているかも。明日学校休みだし、見に行ってくる」

「じゃあ俺も付いて行っていいか？」

「え――。なんで？」

奏音は箸を止め、眉間《みけん》に激しく皺《しわ》を寄せた。

「そんな嫌《いや》そうな顔をするなって……。すぐに金を払った方が良いだろ」

「でも……さすがにスマホの料金まで払ってもらうのは――」

「変なところで遠慮《えんりょ》するなよ。今日び、女子高生はスマホを持っていないと友達との関係も大変なんだろ？　それにもしかしたら、叔母《おば》さんから連絡《れんらく》があるかもしれないし……」

特に若い女の子にとってスマホは、単なる連絡装置ではなくコミュニケーションツールだ。

奏音は学校や友達についてのことは話題には出さないが、ドラマを見ながらＳＮＳで友達らしき人とやり取りしている姿を見ている。

それが無くなってしまうとなると、奏音としてもつらいだろう。

あとはやはり、叔母さんが連絡をする可能性が高いのは、俺の家族ではなく奏音の方だろうし。

「まぁ、確かにそうかもしれないけど……。本当にいいの？」

「大丈夫《だいじょうぶ》だから何度も言わせんな」

正直に言うと、これが毎月続いていくとなるとちょっと厳しいかもしれない。

でも、奏音が未成年ということを考えるとそうも言っていられないだろう。

叔母さんが見つかった時に、その分のお金は要求してみよう。

「ということで、明日は奏音の家に行くわけだが――」

俺はチラリとひまりに視線を送る。

「あ、私はお留守番しておきます。もう少しで一枚目の絵が完成しそうだし。それに、アルバイト先も早く見つけなきゃだし……」

「そうか」

ひまりは俺たちがいない昼の間に絵を描《か》いている。

一度見せてくれたが、まだ見られるのは恥《は》ずかしいらしい。

そして夜は、ひたすらパソコンにかじり付いてアルバイト情報を見ている。

なかなか条件に合うバイトは見つからないみたいだが。

「それじゃあお昼ご飯を食べたら行ってくる。私の家そんな遠くないし、夕方までには戻ってこれると思うから」

「うん、わかった。私はいつも通り、洗濯《せんたく》と掃除《そうじ》をやっとくね」

「すまんが頼《たの》む」

こうして明日の予定が決まったのだった。

※　※　※

和輝《かずき》と奏音が家を出てすぐ、ひまりは部屋の掃除を始めた。

いつもはフローリングシートでサッと拭《ふ》くだけだが、今日は掃除機を使っても良い日だ。

土日なら、音を出してもひまりの存在を疑われることはない。

コードレスの掃除機を手に、キッチンに移動した直後――。

プルルルル、と家の電話機が鳴った。

「ひゃ⁉」

音に驚き、小さな悲鳴を上げるひまり。

おそるおそる、鳴り続ける電話機に近付いていく。

和輝には電話に出ないようにと言われているので、受話器を取るつもりはない。

でも鳴り続ける電話機の音に少し不安を抱《いだ》いてしまい、気付いたら近付いていたのだ。

画面には『公衆電話』と表示されていた。
今の時代に、公衆電話から電話をかけてくる人がいるのか——。
珍《めずら》しいなと思うと同時に、あまり見慣れない単語に不気味さも覚えてしまった。
留守電メッセージが流れた瞬間《しゅんかん》、電話は鳴り止《や》む。
「誰《だれ》からだろう。間違《まちが》い電話かな……」
小さく呟《つぶや》き、ひまりはまたキッチンへと戻っていった。

※　※　※

奏音の家に行くのは初めてだ。
当然ながら、奏音の家がどこにあるのかも知らない。
俺はただ奏音の後ろに付いて行く。
乗ったことのない路線。行ったことのない場所。
初めての場所に行くというのは、年齢《ねんれい》など関係なく心が弾《はず》むものだ。
そして電車に揺《ゆ》られること、約三十分。
降りたのは、土曜日にしては人の通りが少ない駅だった。

そこからさらに十分ほど、静かな住宅街の中を進んでいって——。

やがて先導していた奏音が振り返った。

「着いたよ。ここが私んち」

目の前の建物を見上げる。

二階建ての白いアパートだった。雰囲気《ふんいき》からして、築三十年は経《た》っているだろう。

奏音は早速《さっそく》、壁《かべ》に張り付いたポストの中を覗《のぞ》く。

ポストは八つあったが、全《すべ》てに何かのチラシがはみ出た状態で入れられていた。どうやらポスティングされたばかりらしい。

奏音はポストの中に入っていた物をまとめて取り出す。

「あった。これだ。ちょっとこれ持ってて」

奏音は一枚の郵便物を除き、俺にチラシを押し付けてきた。

そしてベリベリと雑に督促状《とくそくじょう》を開く。

「うん。やっぱり支払《しはら》い期限切れちゃってる」

「なあ。携帯《けいたい》ってそんなにすぐに止められるものなのか？」

今さらだが、素朴《そぼく》な疑問が湧《わ》いたので聞いてみる。

俺は携帯を止められたことがないので、そのあたりのことはよくわかっていなかった。

銀行口座からの引き落としにしているし、毎月少しずつだが貯金もしているので、口座に金がない、という事態にはなったことがない。

「うーんと……家に入ろうか」

奏音は俺の質問には答えず、少し困った顔でそう促《うなが》した。

確かにお金のことだし、こんな所でする話ではないな。

ところでどうでもいいが、スマホに替えても『携帯』って言ってしまうのだが、今の若い子たちはどう呼んでいるのだろうか。

ニュアンスから奏音も携帯電話の略称《りゃくしょう》だとは理解しているだろうが、携帯スマートフォンとは言わないしな……。

いや、本当に今はどうでもいいな。

奏音が鍵《かぎ》を回してドアを開けると、室内からは独特の匂《にお》いが漂《ただよ》ってきた。

「うわ!? 何かすごい畳《たたみ》の匂いがする」

その匂いに誰よりも驚いていたのは奏音だった。

家に人がいない状態が続くと、自然の匂いが強調されるのだろうか。

玄関《げんかん》を入ってすぐにフローリングのキッチンがあり、二人用のテーブルと椅子《いす》が置いてあった。

その奥には広めの和室がある。

間取りを見るに、１ＤＫの部屋らしい。

奏音は椅子に鞄《かばん》を置き、奥の和室へ入っていく。

俺は先ほど押し付けられたチラシ類を、ひとまずテーブルの上に置いて待機する。

ほどなくして戻ってきた奏音は、キッチンに置いてある小さな食器棚《だな》の引き出しを開けて、そしてすぐに閉めた。

奏音の眉間には小さな皺が寄っている。

「どうした？」

「何か、さ……何か、変なんだよね。雰囲気というか、違和感《いわかん》というか」

「叔母さんが戻ってきた形跡《けいせき》があるとか？」

「ううん、それはたぶんない……と思う。今ザッと部屋の中も見てきたけど、特になくなってる物もないし」

首を回して室内に視線を送る奏音につられて、俺も同じ方向を見る。

が、当たり前だがおかしい所などわかるはずもなかった。

「……幽霊《ゆうれい》？」

「ちょ、ちょっと⁉　変なこと言わないでよ！　そんなん出ないし！」

異様に怖《こわ》がる奏音。

まぁ確かに、質《たち》の悪いひと言だったかもしれない。

本当に出たら洒落《しゃれ》にならんしな。

「冗談《じょうだん》だって。そういえば、さっきの携帯代の話の続きだが――」

「あ、うん……。毎月お母さんが、振り込み用紙でスマホ代を払《はら》っていたんだ。だから振り込み用紙はお母さんが持っているはずなんだよね。今見たけど、置いてありそうな場所にもなかったし。でも私のスマホが止まっちゃったってことは――」

「叔母《おば》さんは払わずに放置していた、てことか」

「そうだと思う。間違えて捨てちゃったのか、それとも忘れていたのかは知らないけど」

毎月のことなら、たぶん携帯代を払うことは習慣化していたはず。

なのに、そんなに簡単に忘れるものだろうか。

「ちなみに、叔母さんの携帯は――」

「いなくなった日から繋《つな》がらないよ。一応毎日電話はかけてみてるんだけど、ずっと繋がらない。メッセを送っても既読《きどく》にならない」

「そうか……」

今さらだが気付いた。俺は叔母さんがいなくなったことについて、奏音と何の話もしていなかったことに。

というか、こんなに長い時間、奏音と二人だけでいることも初めてなんだよな。

本当は、あの日から二人暮らしの予定だった――。

「その……叔母さんが家を出る前兆というか、様子が少し変だったとかは――」

思い切って聞いてみる。

やはり、このまま触《ふ》れずにおくのは無理だ。

「何もなかった。本当はあったのかもしれないけど――でも、私は全然気付かなかった。いつも通りに朝ご飯を食べて、仕事に向かって、そして私は学校に行って。そして、お母さんは帰って来ないまま」

椅子に座り、宙を見つめながら淡々《たんたん》と言う奏音。

「たぶん、新しい彼氏でもできたんじゃないかな？　昔から自由というか、そんな気配があっては消えての繰《く》り返しだったたし。家にいる時間も少なかったんだよね。寝《ね》に帰ってくるだけというか」

あえて感情を排除《はいじょ》した言い方が、逆に痛々しく思えてしまった。

「でもさ、私、不幸だとは思ったことはないんだ。お金に不自由していると思ったこともないし。こうしてスマホだって持たせてくれて。でもその分、やっぱりお母さんは色々と我慢《がまん》してたんだと思う……」

そこで奏音の言葉が途切《とぎ》れる。

気付いたら、彼女の目尻《めじり》には小さな水滴《すいてき》が浮《う》かんでいた。

奏音………。

「勝手に家を出てったことに対しては怒《おこ》ってるけどさ……私、どうしても憎《にく》めないんだ……。だって豪華《ごうか》なプリンを買ってきて、私よりはしゃいでたような人だよ？」

涙《なみだ》で声を震《ふる》わせながら、それでも奏音は笑顔《えがお》で俺の顔を見る。

しん、と沈黙《ちんもく》が降りる。

俺は何も言えなかった。かける言葉が見つからなかった。

当たり前だ。俺は叔母さんと奏音の生活について何も知らない。

何かを言っても、中身のない薄《うす》っぺらな言葉にしかならない。

でも――。

気付いたら、俺は奏音の頭に手を乗せていた。

どうしてこんな行動をとったのか自分でもわからない。

ただ、いてもたってもいられなくなったのだ。

「ちょ、ちょっと⁉　何すんの⁉　子供扱《あつか》いしないでよ！」

奏音に抗議《こうぎ》されても、俺は手をどけなかった。

「……子供だ」

「え――」

「奏音は、まだ子供だ。未成年だ」

「そんなこと、わかってるし――」

「よく、今まで我慢できたよな。つらかったよな」

奏音は大きく目を見開いた。

やがて、さらに瞳《ひとみ》がじわじわと潤《うる》み始めて――。

そして涙は大きな雫《しずく》となって、頰《ほお》を流れた。

「あ…………う…………」

奏音は自分を襲《おそ》う激情に耐《た》えようとしていた。

唇《くちびる》を嚙《か》み、肩《かた》を震わせている。

ここにきて、まだ我慢しようとしているのか――。

胸を圧迫《あっぱく》されたように苦しくなった。

だから俺は、目で彼女に訴《うった》えた。

『我慢しなくていい』
俺の目を見つめていた奏音は、それでも耐えようとしていて――。
そして、ついに決壊《けっかい》した。
ダムの水を放流したかのように。
「うっ……ぐっ……ひぐっ……」
奏音の目からとめどなく涙が流れる。
そして奏音は、俺の胸に頭をコツンと垂れてきた。
「ご――ごめっ……私っ……。いっ――今だけで……いいから……」
鼻を啜《すす》り、涙声で言う奏音。
俺は奏音の頭に乗せていた手を軽くポンポンと叩《たた》き、無言で肯定《こうてい》の意思を伝える。
そして、奏音はそのまま泣き続けた。
これまで心に溜《た》めて溜めて溜め込んでいたものを、全《すべ》て吐《は》き出すかのように。
俺は何もできなかった。
ただ、彼女の頭を撫《な》でてやることしかできなかった。
奏音はひとしきり泣いた後、洗面所に顔を洗いに行く。

しばらくしてタオルを手に戻《もど》ってきた奏音は、既《すで》に落ち着きを取り戻していた。

「私が泣いたこと、ひまりには言わないでよ……」

睨《にら》みながら言われたが、まだ赤いままの目では怖くも何でもない。

「言うわけないだろ」

「それなら……いいけど……」

奏音は俺に、弱みを握《にぎ》られたと思っているんだろうか。

さすがに事情が事情だし、今後奏音に腹が立つことをされても、これを脅《おど》しの材料として使うつもりは一切《いっさい》ないのだが。

「じゃあそろそろ戻るか」

時計を見ると、既に十五時を回っていた。

ひまりも待ってることだし、買い物をして帰らなければ。

奏音の赤い目も、歩いている内に戻るだろう。

「うん。ひまりには夕方までには帰るって言っちゃったしね……」

「あ。その前に督促《とくそく》状を預かっておくわ」

「でも期限切れてるよ」

「期限が切れてても督促状で払えるかもしれないし。一応物は試《ため》しってことで。ダメだったら携帯《けいたい》ショップに行けばいい」

奏音はおずおずと督促状を渡《わた》してきた。

「コンビニに寄らないとな。この際、晩飯もついでに買おうか」

「あの……ありがとう。かず兄《にい》……」

「え──」

俺は思わず固まってしまった。

奏音が家に来てから、一度も名前を呼ばれたことがなかったからだ。

「……突然《とつぜん》どうした？」

「えっと、昔そういう呼び方をしていたなって急に思い出したから」

「あぁ……。確かにそうだったな」

実家に奏音が来た時のことをぼんやりと思い出す。

確かあの時は、奏音はまだ小学校低学年だったか。俺と弟と一緒《いっしょ》にゲームをやったっけ。よっぽど楽しかったのか「もう一回。もう一回やろうかず兄」と何度も催促《さいそく》されたんだよな。あの時の奏音は可愛《かわい》かった。

いや、今は今で可愛いんだけど。

「と、とにかくひまりが待ってるから早く行こう」

気恥《きは》ずかしいのを誤魔化《ごまか》したいのか、俺の方を見ずに玄関《げんかん》に向かう奏音。

俺は苦笑《くしょう》しつつ、彼女の後に続いた。


「かず兄はさ……」

コンビニに寄る道すがら、急に奏音が俺の名を呼んだ。

奏音の家に行くときは先導していた彼女だが、今は俺の横に並んで歩いている。

「何だ？」

「昔よりちょっとだけ、大きくなったよね。その——お腹《なか》が」

「言われなくてもわかっとるわ」

「胸から上は普通《ふつう》っぽく見えるのに。ビール腹ってやつ？」

「いや、ビールというか発泡酒《はっぽうしゅ》なんだが……」

まぁ、奏音からしてみればどっちも同じようなものだろうけど。

やっぱり味は違《ちが》うんだよなー。

もっと気軽に買える値段だったら嬉《うれ》しいんだが、年々値上げされるばかりで安くなる気配はない。

くそっ。酒税め。

あと腹が少し出てきたのは、発泡酒よりツマミの方に原因があると思う。

寝る前に食べてるわけだしな。

うん、体に悪いとはわかってはいるんだ。わかっているが、簡単にやめられたら苦労しない。

「昔はシュッとしてたのにね」

「昔は今より食べる量も多かったんだが、その分運動していたからな」

「へえー。何かやってたの？」

「柔道《じゅうどう》」

「意外——なような、そうでもないような。イメージ通りといえばそうかもしれないし、でも何か違うような気もするし……」

何だそれは。

そういう反応をされると、こっちも困るんだが……。

運動をやめてから、筋肉が一気に脂肪《しぼう》に変化したことに一番驚《おどろ》いているのは、俺だからな？

「ちなみにかず兄は、もう運動するつもりはない？」

「何だ？　俺に痩《や》せろって？」

「うーん、何というか、もったいないなぁって」

「…………どういう意味？」

「えっと――秘密」

そう言うと、奏音はかろやかに走り出した。

「おい、走るなって。俺はもう若くないんだぞ⁉」

俺も慌《あわ》てて後を追うが、なかなか奏音に追いつけなかった。

走りながら、昔のことを思い出す。

学生の頃《ころ》、柔道をしていた時の俺は本気だった。

…………本気だったんだ。


「ただいま～」

「あ、おかえりなさい」

家に帰ると、俺の部屋からひまりが出てきた。

ひまりは寝間着《ねまき》のまま着替《きが》えていなかった。完全に休日モードだ。

まぁ、ひまりは毎日が休日のようなものなんだけど。

いつもはちゃんと着替えているので、今日は心が緩《ゆる》んでいるのだろう。

「少し遅《おそ》くなった。すまん」

「いえ、大丈夫《だいじょうぶ》です。それで、奏音ちゃんのスマホは——」

「お金は払《はら》ってきたから、その内使えるようになると思うよ」

「そうなんだ。良かった……」

心から安堵《あんど》した様子のひまり。人の心配をしてやるとは、やはり良い子だな。

「コンビニに寄ったついでに弁当とデザートを買ってきたぞ。ひまりの分はミートドリアだ。選んだのは奏音だから、俺に文句は言わないでくれ」

「いや、デザートを選んだのはかず兄でしょ」

「いいじゃないか。好きなんだよ。『クリームがたっぷりのったチーズケーキ』。最近出た新作デザートの中では、ダントツでこれが美味《うま》いな」

俺は甘い物も結構好きなのだが、ケーキ屋に行くにはちょっとハードルが高い。

だがコンビニだと気軽に買えるのでありがたい。

たぶん俺のような甘い物が好きな男は、割といると思う。

「名前だけでカロリーの暴力って感じだよね。しかも結構デカイし」

「あはは……。でも私、チーズケーキ好きなので嬉しいです」

「お、良かった。じゃあ早く食おう」

改めて俺は、袋《ふくろ》の中から三人分の弁当とデザートを取りだすのだった。

※　※　※

ひまりはパソコンの画面を注視した状態で固まっていた。

ペンタブを持つ手は、数十秒の間まったく動いていない。

そして彼女の目も、画面を見ているようで見ていなかった。

ひまりが見ていたのは、今よりちょっと前の風景——。

和輝と奏音が帰って来てから、ひまりは胸の内がずっとザワザワとしていた。

それは、奏音が放ったひと言にある。

『かず兄』

今まで和輝のことを名前で呼んだことなどなかったのに、急に名前で呼び始めたからだ。

奏音の家で何かあったのだろうことは、容易に想像できた。

でも、それを聞くことなんてできない。

だって、二人はいとこ同士。

そこに部外者の自分が踏《ふ》み込んでいく勇気などなかった。

そうだ。二人は血縁《けつえん》関係なのだ。

ひまりはどうしようもない孤独《こどく》感に襲《おそ》われた。

二人の間には、自分には入っていくことなどできない絆《きずな》がある——。

考えなくてもわかることだった。

わからなければいけないことだった。

でも、見ない振りをしていた。

そのツケが、今来てしまっただけのこと——。


「——っ」

ひまりは頭《かぶり》を振る。

考えてはいけない。

今、自分がやらないといけないのは、賞に出す絵を完成させること。

ひまりがここにいる理由は、諦《あきら》めきれない夢のためだ。

自由課題の一枚はできた。でもまだ、テーマが決まっている課題の絵が終わっていない。

だから——。

ひまりは手を動かそうとする。

でも、無理だった。

頭の中が二人のことでいっぱいになってしまう。
大人の男性に助けてもらって、言いようのない胸のときめきを覚えた。
眼鏡は分厚いし、ちょっとだけお腹も出てるし、見た目は冴《さ》えないかもしれない。
でも、和輝はとても優《やさ》しい人だ。
それだけで、ひまりの心が惹《ひ》かれるには十分な理由だった。
奏音のことも好きだ。
明るいし、絵のことも偏見《へんけん》の目で見ることなく、普通に接してくれる。
そもそも彼女が、ひまりをここに置いてくれるように進言してくれた。
だから感謝しているし、悪い感情など抱《いだ》けない。
それでも。
二人のことが大好きなのに。
ひまりは今、とても胸が苦しかった。
こんな感情を抱いてしまう自分が、酷《ひど》く醜《みにく》く思えてしまった。

※　※　※

第10話　食堂と俺

十二時になると、うちの会社は昼休憩《きゅうけい》を告げるチャイムが鳴る。

俺は軽くデスクの上を整理してから、磯部《いそべ》と共に食堂へ向かった。

奏音《かのん》は自分の弁当を作って学校に行っているが、俺は弁当まで作るよう頼《たの》んでいない。

弁当を持って行くと、「彼女ができたのか⁉」と磯部をはじめ、同僚《どうりょう》たちにいらぬ詮索《せんさく》をされるのが目に見えていたからだ。

それは絶対に避《さ》けたい――という考えはずっと変わっていない。

奏音とひまりについては、全《すべ》ての人間に存在を悟《さと》られることを避けたかった。

というわけで奏音とひまりが来てからも、俺の昼の食堂生活は変わらず続いている。

地下フロアにある食堂は、社員証を首からぶら下げた多くの人間で賑《にぎ》わっていた。

「んー？　何か今日、人多くね？」

食堂を見ながら、磯部が少し嫌《いや》そうに呟《つぶや》く。

確かに、いつもより少し多い気がする。

いつもは席に余裕《よゆう》があるのだが、この分だと空席がほとんど埋《う》まってしまいそうだ。

「俺、先に席を確保しておくわ。金はこれな。カレーセットでよろしく」

「わかった」

自販機《じはんき》で自分と磯部の分の食券を購入《こうにゅう》し、カウンターの列に並ぶ。

今日はチキンカツがメインのBランチセットにした。

ランチセットは値段も手頃で量もそこそこあるので、最近はこれを頼むことが多い。

そしてご飯が大盛りにできるのもポイントが高い。

ほどなくしてカウンターで料理を受け取り、俺は磯部の姿を探す。

磯部は端《はし》の方の席で手を挙げていた。

「おう、こっちこっち」

俺は両手に持ったトレイを落とさないよう、慎重《しんちょう》に向かう。

今だけ、飲食店の店員になった気分だった。

「ありがとさん——って、忘れてた。俺、水持ってくるわ」

席に到着《とうちゃく》すると、入れ替《か》わるように磯部が離《はな》れた。

さすがに俺も、水まで持ってくる余裕はなかったからな。

セルフの水を二人分持ってきた磯部が戻《もど》ってきてから、ようやく俺たちはそれぞれの食事に手を付けた。

うん。サクッとしたチキンカツの衣《ころも》の食感がたまらない。

肉もそれなりに柔《やわ》らかい。

「そういやお前、最近あまりカレーセット食べてないよな？」

熱さも辛《から》さも感じていないほど、素早《すばや》くカレーを口にかき込みつつ磯部が言う。

「言われてみればそうだな」

「おうよ。ちょっと前まではカレーは飲み物って勢いで食ってたじゃん」

「そんなにか？」

まあ確かに、思考停止でそれだけを注文していた時期もあった気がする。

普通《ふつう》に美味《うま》いし、ハンバーグのトッピングもできるから好きなんだよ。

ただ、最近は意図して注文しなくなっていたのは事実だ。

実は奏音の作るカレーが凄《すご》く俺の好みの味だから、物足りなくなったのだ。

店で出るスパイスが効いたようなものではなく、市販《しはん》のルゥを使ったいかにも『家庭で作るカレー』なのだが、なぜかコクがあっておかわりしたくなる味なのだ。

あとは、白いシャツを汚《よご》さないようにしていたというのもある。洗濯《せんたく》するひまりに、少しでも迷惑《めいわく》をかけたくないという心理があった。

同じ理由で、カレーうどんも最近は頼んでいない。

「あとなー。シャツがヨレヨレじゃなくなったよな？」

「それは、まぁ……。最近ダレてたから、ちょっと気をつけるべきかなと……」

「ふーん？」

あまり納得《なっとく》していない表情だ。

動揺《どうよう》を悟られないように平静を装《よそお》ったつもりだが、ちょっとだけ滲《にじ》み出ていたかもしれない。

実際、Yシャツのアイロンがけはひまりがしている。

一人暮らしの時は、アイロンはクローゼットの奥の方に片付けていた。

新入社員だった頃《ころ》は俺も毎日頑張《がんば》ってアイロンをかけていたんだが、その内面倒《めんどう》くさくなってめっきりやらなくなっていたのだ。

しかし、二人との生活が俺の身だしなみや行動に変化を与《あた》えていたとは……。

二人の存在がバレないように、益々《ますます》気をつけなければ。

磯部との会話で気を新たにする。

「あ、磯部さんに駒村《こまむら》さん。お疲《つか》れさまです」

その時、弁当箱を持った見知った顔の女性社員が声をかけてきた。

「おうー。お疲れ」

「お疲れさまです」

俺たちは揃《そろ》って軽く挨拶《あいさつ》をする。

「隣《となり》いいですか？　他《ほか》に空いてなくて」

「どうぞどうぞ」

磯部が軽いノリで自分の横へと誘導《ゆうどう》する。

彼女は営業部の人だ。よく経理部に領収書を持ってくる。

ショートカットの爽《さわ》やかな髪型《かみがた》が印象的だ。

名前は——何だっけ？

咄嗟《とつさ》に胸元《むなもと》のネームプレートを見ると、佐《さ》千《ち》原《はら》と書かれていた。

あぁ、そうだ。佐千原さん。

最近、人の名前がなかなか覚えられなくなってきたんだよな。これも加齢《かれい》のせいか。

年齢はわからないが、たぶん俺よりも年下だと思う。

佐千原さんは持参した弁当を広げながら、チラチラと俺の方を見てくる。

何だ？　口の周囲にご飯粒《はんつぶ》でも付いているのか？

思わず顎《あご》に手をやってしまったそのタイミングで、佐千原さんは口を開く。

「最近駒村さん——ちょっと痩《や》せました？」

「ん？　え？」

思ってもいなかった問いに、上手《うま》い返しができなかった。

磯部がジロジロと俺を見てくる。

やめろ。注視するなっての。

「あー……？　うん、そうっすよね。俺もそうなんじゃないかなぁと思ってたところだったんすよ」

「いや、お前は絶対にわかってなかっただろ」

話を合わせようとしているのがバレバレだぞ、磯部。

佐千原さんは俺たちのやり取りを見て、くすっと小さく笑ってから続ける。

「以前お会いした時より顎周りが少しだけ細くなった気がして。運動でもされてるのですか？」

「いや、特には——」

毎日鏡を見ているのに、自分では全然気付いていなかった。

俺、前より痩せたのか……。

もしかして、奏音の食事の影響《えいきょう》だろうか。

確かにコンビニ弁当や総菜がほとんどだった以前よりは、バランスの良い食事になっている気がするし。

そういえば、最近体重計に乗っていなかった。今日は久々に量ってみるか。

「駒村――お前……」

磯部はなぜか、ジト目で俺を見てくる。

「な、何だ？」

「やっぱ彼女できただろ？　な？」

「いや、いないから」

「えー本当かぁ？　ねえ佐千原さん。何か怪《あや》しいっすよね？」

「あ、あはは……」

いきなり佐千原さんに話を振《ふ》るな。

普段《ふだん》の俺のことをほとんど知らないから、困っているだろうが。

その後も磯部に疑惑《ぎわく》の目を向けられたが、俺はランチセットを食べる作業に没頭《ぼっとう》して誤《ご》魔化《まか》したのだった。

「あ、おかえりかず兄《にい》」

「おかえりなさい！」

仕事から帰ると、二人が揃って出迎《でむか》えてくれた。

「ただいま」

二人に答えてから玄関《げんかん》に上がる。

少し前までは「ただいま」を言うのが気恥《きは》ずかしかったのだが、今ではスルリと自分の口から出るようになっていることに気付いた。

つまり俺にとって、この生活が『当たり前』になってきたということか。

心の奥底の方を小さな危機感が掠《かす》めていった気がするが、キッチンから漂《ただよ》ってくる香《こう》ばしい魚の煮付《につ》けの匂《にお》いに、すぐにその感情を忘れた。

第11話　バイトとＪＫ

それから数日は平和に過ぎて――。

「駒村《こまむら》さん！　駒村さん！」

ある日の夕方。

俺が帰宅した途端《とたん》、ひまりが俺の部屋から玄関まで飛んできた。

「お、どうした？　何か嬉《うれ》しそうだな」

俺が言うと、ひまりは満面の笑《え》みを浮《う》かべてから答える。

「はい！　採用です！　ついにバイトに採用されました！」

「おお――!?」

俺たちの生活が、また少し変わろうとしていた。


これより一週間ほど前――。

俺と奏音《かのん》は、履歴《りれき》書を真剣《しんけん》に書くひまりを見守っていた。

ひまりは未成年。つまり、バイトをするにも保護者の許可がいる。

だから保護者の名前と印鑑《いんかん》を捺《お》す欄《らん》には、俺の名前を書いた。

そしてひまりは、俺の苗字《みょうじ》を履歴書に記入。

履歴書に嘘《うそ》を書くため協力するのは心が苦しいが、ひまりの本名を書いてそこから足がついたら元も子もない。

ちなみに奏音がさりげなくひまりの本名を聞きだそうとしていたが、ひまりはやんわりとそれを躱《かわ》していた。

やはり、まだ明かしたくはないらしい。

学校名は、奏音の学校の名前を書いた。

「うちの学校はバイト禁止してないから、店側から学校に連絡《れんらく》が入る可能性はないと思うよー。友達も普通にやってるし」とは奏音談。

それを聞いてひまりも俺も安心した。

面接に行く時も、奏音が制服を貸してあげるという徹底《てってい》ぶり。

ただ奏音の制服はひまりにとって少し小さかったので、スカートの丈《たけ》がかなり短くなっていたが。

さらにひまりは大事をとって、『今は理由《わけ》あって不登校気味』ということも伝えたそうだ。学校生活のことを聞かれた時に困るから――らしい。

これで面接に合格したのだから、ひまりの他の要素を見て判断されたのだろう。

確かにひまりの人当たりは良いし、俺に「家に泊《と》まらせて」と言えるほど度胸もある。

さらに言えば容姿も整っている方なので、面接を担当した人の印象も良い方だったと推測できる。

とにかく、ひまり的には一歩前進だ。

しかし俺はというと、少し複雑な気分だった。

ひまりが外に出るということは、彼女の存在がバレるリスクが上がるということ。

だが、『少しでも俺にお金を渡《わた》したい』というひまりの気持ちが強力なのもわかっていたので、強引《ごういん》に止めることなどできなかった。

「ところで、何のバイト？」

興味津々《きょうみしんしん》に奏音が聞く。

それは俺もまだ聞いていなかったので気になっていた。

「メイド喫茶《きっさ》です」

「あぁ～。何か聞いたことはある」

「そういう場所なら、私の両親はまず捜《さが》さないだろうなと思って……。とにかく漫画《まんが》とかアニメとか嫌《きら》いな人たちでしたから……。存在も知らないんじゃないかと」

「なるほどな……」

接客業だから不安を抱《いだ》いたが、ひまりなりに考えてのことらしい。

確かに俺も存在は知っていたが、行ったことはないのでどういう所なのかはわからない。

サブカルに理解のない年配の人なら、尚《なお》さらだろう。

「そういうわけで、早速《さっそく》明日から頑張《がんば》ります！」

「くれぐれも気をつけてな……」

「はい。そこは気をつけます。私だって、まだ賞に応募《おうぼ》していないのにここから出ていくのは嫌《いや》ですから」

俺の注意喚起《かんき》にひまりは小さく笑いながら答えるが、その目には強い光を湛《たた》えていた。


次の日の夕方――。

俺が帰宅した少し後に、ひまりがヘロヘロになって帰ってきた。

「ただいまです……」

「だ、大丈夫《だいじょうぶ》ひまり⁉」

俺より先に玄関に駆《か》け寄る奏音。

やはり奏音も心配していたらしい。

「うん、大丈夫……。奏音ちゃんと駒村さん以外の人と長い時間一緒《いっしょ》にいるのが久しぶりだったから、ちょっと緊張《きんちょう》しちゃっただけ。すぐに慣れると思う……」

小さなショルダーバッグを床《ゆか》に置き、自分もペタリと床に座るひまり。

どうやら疲《つか》れが足にきてるっぽい。

まぁ、接客業だしな。

「そんな死にそうな顔で言われても説得力ないから。今日はひまりの元気が出るようにカレーを作ってるから、待っててね」

「奏音ちゃん……まるでお嫁《よめ》さんみたい……好き……」

「いや、何言ってんの⁉　そりゃ、私もひまりのことは好きだけど……」

「えへへ。やった。じゃあ両想《りょうおも》いだ」

「馬鹿《ばか》なこと言ってないで、先にお風呂《ふろ》に入って」

「はーい」

……何だこの会話。

完全に俺、置いていかれてるというか、蚊帳《かや》の外なんだけど。

だが口を挟《はさ》んではいけない空気を何となく感じたので、そこは黙《だま》っておくことにした。

それにしても、女子高生同士って気軽に好きって言えて良いよな——と、二人を見ながら少し羨《うらや》ましく思ったのだった。

「しかし、ひまりはちゃんと働けるのだろうか」

ひまりが風呂に入っている間、俺はポツリと洩《も》らしていた。

「んー。本人も言ってるし、大丈夫じゃない？」

カレーのルゥを鍋《なべ》に投入しながら軽く言う奏音。

それまでは玉葱《たまねぎ》の香《かお》りしかしなかったのに、キッチンは一気にカレーの匂いに支配された。

「……今度の休み、こっそり見に行ってみようか」

「え⁉　それ絶対迷惑《めいわく》だからやめた方がいいって！」

「でもひまりの疲労《ひろう》具合を見た後じゃなぁ。やっぱり心配だし」

「いや、ひまりからしたらそれ絶対ウザいし。かず兄《にい》だって、私とひまりが職場見学に行ったら平気でいられる？　仕事してる時にチラチラッと目が合っても大丈夫？」

「………………すまん。やめとく」

俺は奏音の説得に素直《すなお》に応じた。

うん。働いている時に身内が来たら、やっぱ俺も嫌だな。

この年になって参観日のようなことをされると、精神的にツラいということを改めて知るのだった。

※　※　※

ひまりにとって、初めてのアルバイトはとても刺激《しげき》的だった。

バイト仲間は女の子だけだが、ひまりのように絵を描《か》いている人や、アニメや漫画が好きな人もいるし、コスプレをやっている人もいる。

ここには、ひまりの好きなものに対して文句を言ってくる人はいない。

自分の好きなものに対して、気兼《きが》ねなく話すことができる環境《かんきょう》が、和輝《かずき》の家以外では初めてなので嬉しかった。

そしてひまりが秘密《ひみつ》裏《り》に喜んでいた、もう一つのこと。

それは、バイト仲間から『駒村さん』と呼ばれることだった。

履歴書には、和輝が保護者として名前を書いてくれた。

だからひまりもそれに合わせて『駒村』姓《せい》を名乗っている。

これが、ひまりにとってはとてもくすぐったくて、嬉しいことだったのだ。

（みんな、私のことを『駒村さん』て呼ぶ——。何だか、夫婦《ふうふ》になったみたい……）

和輝と同じ苗字で呼ばれるたびに、ひまりは顔がにやける衝動《しょうどう》を抑《おさ》えていた。

いや、抑え切れていない時の方が多かった。

それでもバイト仲間には「笑顔が多い」という印象を与《あた》えるだけで済んでいたのは、不幸中の幸いだったかもしれない。

そして客はひまりのことを、店側で付けてくれたニックネームで呼ぶ。

ひまりはそれに自然な笑顔で応《こた》え、着実にファンを増やしていく。

ひまりのことを誰《だれ》も知らない場所で、ひまりは偽《いつわ》りのない自分を出すことができていた。

※　※　※

ひまりのバイトは週に二日か三日。

バイトに精を出しすぎて絵が描けなくなったら本末転倒《ほんまつてんとう》だと、最初からそのように決めていたようだ。

ひまりは外出する時に住民に会わないようかなり気を遣《つか》っているらしく、マンションから出る時もエレベーターを使わず、階段を使っている。

俺の部屋が三階にあって良かった。

これが七階や八階だったら大変だっただろう。

そんな調子で、しばらくは平和な日々が過ぎていった。


ある日俺が帰宅すると、ひまりが玄関《げんかん》に立っていた。

そういえば今朝、今日はバイトが休みの日だと言っていたな。

「お帰りなさいませ、ご主人様」

ふわりとした優《やさ》しい笑顔《えがお》で、そして両手を腹の前で合わせた良い姿勢でひまりは言った。

声も普段《ふだん》より少し高い。

ショートパンツから伸《の》びる脚《あし》は何度見ても長く、良いスタイルだよな——と咄嗟《とっさ》に感心してしまう。

——じゃなくて。

「何やってんだ」

「えへへ。私がバイトでやってることを、駒村さんにも体験してもらおうかと」

「いや、それは別に——」

「えー。いいじゃないですか。せっかくなので何か注文してくださいよー」

ひまりは珍《めずら》しく、頬《ほお》を膨《ふく》らませて抗議《こうぎ》する。

怒《おこ》った顔もちょっと可愛《かわい》いと思ってしまった。

「注文といってもなぁ……」

今は奏音がキッチンで夕食を作っているから、その邪魔《じゃま》になるようなことはできないし。

ちなみに今の俺たちのやり取りも、奏音はニヤニヤしながら見ている状態だ。

俺はしばらく悩《なや》んだ末——。

「じゃあ、肩《かた》を揉《も》んでくれるか？」

メイド喫茶でお願いするようなことではないかもしれないが、肩が凝《こ》っているのは本当なので試《ため》しに言ってみた。

「——っ!?　あ、はい。喜んで！」

「え？　本当にいいのか？」

試しに言っただけなのに、アッサリと承諾《しょうだく》されてしまった。

「駒村さんがやって欲しいんですよね？　良いですよ。では椅子《いす》に座ってください」

促《うなが》されるままに椅子に座る俺。

まぁ、たまにはこんなのもいいか。

何か、メイド喫茶というよりは父の日のイベントっぽい気もするけど……。

「じゃあ、えっと……か、肩に触《さわ》りますね」

「あ、あぁ……」

何でひまりはいきなり緊張しているのか。こっちまでつられてしまうじゃないか。

ふぅ、という小さな息の後、ひまりの手が俺の肩に触《ふ》れた。

そして優しく肩を掴《つか》み、ゆっくりと揉み始める。

人に肩を揉んでもらうのは、昔行っていた整体の時以来かもしれない。

ひまりは力加減を探《さぐ》っているのか、かなりソフトな感じの揉み方だ。

ただパソコン作業で凝りに凝った俺の硬《かた》い肩には、ちょうど良く感じる。

「駒村さん……。私、あまり人の肩の硬さとかわかんないんですけど、たぶん硬いですよね？」

「そうだな。なにぶんデスク作業だからな」

しばらくはひまりにされるがまま、優しい肩揉みを堪能《たんのう》する。

………………。

いや、何も考えられなくなるな。

凝りが酷《ひど》い時は自分で自分の肩を揉んだりしているが、人にやってもらうとやっぱり違《ちが》う。

「あー……ひまり。もう少し力を強くしても大丈夫《だいじょうぶ》だ」

「あっ、はい。わかりました！」

返事は良かったものの、ひまりの手の力はあまり変わらない。

もしかしなくても、かなり握力《あくりょく》が弱いのかもしれない。

まぁ、これはこれで良いか。

「ふーん……。随分《ずいぶん》と気持ち良さそうじゃん？」

鍋にニンジンを投入して蓋《ふた》をしてから、奏音が俺の近くに寄ってくる。

少し不機嫌《ふきげん》に見えるのは気のせいだろうか。

「あぁ。かなり凝ってるからな」

「じゃあ私もやってあげる」

「え？」

奏音は俺の前にしゃがむと、問答無用で靴下《くつした》を脱《ぬ》がしてきた。

自分から脱がしたくせに、汚《きたな》い物を触るように摘《つま》んで横に置いたのはちょっと納得《なっとく》がいかない。

「いや、ちょっと待て。まさか——」

「ひまりが肩だから、私は足ツボ押してあげる」

ニッコリと笑いながら、ギュッと俺の足裏を一押し。

「ぐあああああ？」

その瞬間《しゅんかん》、俺の悶絶《もんぜつ》する声がキッチンに響《ひび》き渡《わた》る。

「え、痛がりすぎ。内臓どっか悪いんじゃない？」

「笑いながら言うなあぁぁい？」

「駒村さん……」

心配するような素振《そぶ》りで俺を呼ぶひまりだったが、俺は彼女の笑いを堪《こら》えるような吐息《といき》を聞き逃《のが》さなかった。

「いや、ひまりも笑うなよ？」

「ごめんなさい。だって駒村さんのこんな声聞いたの初めてで――くっ――ふふっ」

「人の悶絶する姿で笑うとか、質《たち》が悪いぞお前ら！」

「女子高生二人からマッサージされてるんだから、文句言わなーい」

そして奏音はさらにギュッと一押し。

「足の小指はやめろおおお？」

俺が声を出すと笑う二人。

その後しばらく、俺は地獄《じごく》の時間を味わったのだった。

ひまりもかなりバイトに慣れてきたある日。

彼女は見るからに落ち込んだ様子で帰宅した。

「ひまりどうしたの？　大丈夫？　体調でも悪いの？」

奏音がひまりの元へすっ飛んで行く。

その様子はまるで母親だ。

もしかして、女性だけの職場にありがちな陰湿《いんしつ》なイジメでも始まってしまったのだろうか——。

俺も心配でひまりにそのようなことを聞いてみたが、ひまりは「バイトの人たちはみんな良い人です」と一貫《いっかん》して答えるばかり。

じゃあ元気がない理由は何なのかと尋《たず》ねても、それについては苦笑《くしょう》してはぐらかされてしまった。

その後もひまりはバイトに精を出しつつ、帰ってきてから絵を描く生活の繰《く》り返し。

ただ、以前よりひまりの顔が真剣《しんけん》になったというか、集中する時間が増えた。

俺と奏音は、そんなひまりをただ見守ることしかできなかった。

※　※　※

ひまりは、言いようのない無力感に苛《さいな》まれていた。

バイトは順調だった。

陰《かげ》で悪口を言うような人たちはおらず、むしろちょっと面倒《めんどう》な客に対して、あーだこーだと言って気を晴らす程度だ。

そのバイト仲間たちが、ひまりにはとても大人に見えた。

実際、ひまりより年上の人たちが多い。ほとんどが二十代前半の人たちだ。

だが、年齢《ねんれい》だけが原因ではない。

ひまりはあらゆる面で、自分は彼女たちと比べて未熟だと感じることが多くなっていたのだ。

ひまりのように、目標があってお金を貯《た》めている人。

親元から自立して生活している人。

世の中の流行、情勢に詳《くわ》しい人。

バイト仲間と接する内に、ひまりは自分がいかに子供で世間知らずだったかを痛感していた。

そして何より、奏音の存在。

同じ高校生なのに、しっかりと家事ができて、ひまりの知らないことも知っている。

最近、気付かぬ内に奏音と自分を比べていることが多くなってしまった。

それは、和輝に対する気持ちも大きく影響《えいきょう》しているのだろうけど。

最初の頃《ころ》に比べて、和輝に対する奏音の態度は、目に見えて軟化《なんか》していた。

慣れたから——というのが理由だろうが、ひまりはそれ以外の理由もあるのでは、と思っていた。

もしかしたら、奏音も自分と同じように、和輝のことを——。

そこまで考えて、ひまりはいや——と首を横に振って強引《ごういん》に頭から追い出した。

それを考え始めてしまったら、出口のない思考の迷路《めいろ》に入り込んでしまうことが明白だったから。

気を取り直し、パソコンの画面を注視する。

アップになった描《か》きかけの線画が、ひまりの次の挙動を待つかのように表示されていた。

具体的なお金の試算もなく、まっすぐに夢だけを見ていられたのは、自分が親に守られた未成年だったから。

そのことは認めた。悔《くや》しかったけれど。

でもやっぱり、今は家には帰りたくなかった。

自分が今やっていることは、世間で言う『悪いこと』だと理屈《りくつ》ではわかっている。

和輝や奏音にも迷惑《めいわく》をかけてしまっているのだから。

そんなことはとうにわかっているのだ。

それでも両親にされたことを、ひまりの感情が認めない。

家に、帰りたくない。

――私は、どうしたらいいんだろう？

胸が苦しくなって、悩んで、でも結局たどり着く答えは『今できることをする』というものだった。

今、ひまりにできること。

賞に出す絵に全力で取り組み、完成させること以外にない。

『とにかく、俺はお前に何も要求しない。強《し》いて言うなら、きちんと絵を描いている姿を見せてもらうことくらいか？』

以前、和輝に言われた言葉をひまりは脳内で嚙《か》みしめる。

そしてひまりは、ペンタブを持つ手に力を込《こ》めた。

ふと思う。

和輝はいつまでひまりを家に置いてくれるのだろうかと。

いや、今は考えないようにしなければ——と、ひまりはそれについては目を逸《そ》らすことにした。

※　※　※

第12話　幼馴染《おさななじ》みと俺

会社の近くに、早朝から開いている喫茶店《きっさてん》が何軒《けん》かある。
その内の一軒。
茶色の外壁《がいへき》の、モダンな雰囲気《ふんいき》が漂《ただよ》う喫茶店の前で俺は足を止めた。
まだ時間に余裕《よゆう》あるし、久々に寄ってみるか。
思えば、奏音《かのん》とひまりと暮らし始めてから寄っていない。
それまでは、ここで週に二、三回はモーニングを食べてから出社していたのだ。
（あいつも心配してるかもしれないし）
そんなことを考えつつドアを押し開ける。
入り口上部に取り付けられているベルが、カラカラと乾《かわ》いた音を鳴らした。
この音を聞くのも久しぶりだ。
「お。いらっしゃい」
店内に入って早々、カップにコーヒーを注いでいる店長から声をかけられる。
白い髪《かみ》に白い髭《ひげ》の穏《おだ》やかそうな店長は、俳優として活躍《かつやく》していてもおかしくないほど渋《しぶ》い。

男の俺から見ても、格好良いと言える人だ。

その店長の隣《となり》にいた女性店員と目が合った。

彼女は俺の姿を見た瞬間、ぱあっと笑顔《えがお》になる。

彼女――友梨《ゆうり》は、俗《ぞく》にいう俺の幼馴染みってやつだ。

半年前まで友梨が正社員で働いていた会社が倒産《とうさん》してしまい、今はここでバイトをしながら次の就職先を探している最中だ。

まさか俺の会社近くの喫茶店で再会するとは思っていなかったので、初めてここで友梨を見た時は本当に驚《おどろ》いたものだ。

それにしても会社が倒産とか、なかなか世知辛《せちがら》いよな……。

さて、今日はどこに座ろうか。

少ないテーブル席には俺のような出社前のサラリーマンやOLぽい人が座っていたので、カウンター席に座ることにした。

「久しぶりだね」

水とおしぼりを持ってきた友梨が、ふわりと笑いながら言った。

「そうだな」

「今日は何にする？」

「ホットコーヒーだけでいい」

「あれ？　モーニングは食べなくていいの？」

予想通り、俺の注文に反応する友梨。

それの答えはもちろん用意してきている。

「あぁ、家で食べてきた。ちょっと今、節約をしているんだ」

「ふーん……」

ひとまず、嘘《うそ》はついていない。

女子高生二人という同居人が増えた以上、出費はできる限り減らしたいしな。

当然、朝ご飯を女子高生に作ってもらっていることは言えないけど。

「かずき君が節約かぁ。確かに、今まで週に三回くらいは来てたもんねぇ」

「そうなると、うちの売り上げ的には地味に痛いな」

ハンドドリップに湯を注ぎながら店長が言う。

コーヒーの良い香《かお》りが漂ってきた。

「すみません店長。だからせめてコーヒーだけでもと」

「いや、冗談《じょうだん》だ。お客さんに売り上げを気遣《きづか》ってもらうわけにはいかないよ」

それもそうなのだが、今まで常連だっただけに、やっぱり少し気になってしまう。

それに、モーニングセットは美味《うま》くて好きだった。特にハムトースト。

少し焦《こ》げ目が付いたハムと、バターたっぷりのトースト。

シンプルながら、朝食にはちょうど良い感じの味だった。サラダも付いてるし。

でもまぁ、自分の生活が第一なのでそこは目を瞑《つぶ》ろう。

「和輝《かずき》君一人分の売り上げくらい、すぐに取り戻《もど》せるから気にしなくていい。可愛《かわい》い看板娘《むすめ》が来てくれたことだしね」

「店長……。私もう、可愛いと言われる年齢ではないです……」

友梨は困惑《こんわく》しながら答える。

確かに友梨は俺と同い年ながら、大人な雰囲気を漂わせている。

でも、決して老《ふ》けて見えるという意味ではなく。

何というか——色っぽい。うん、そうだな。あえて言葉にすると色っぽいだ。

口元と鎖骨《さこつ》付近にあるホクロが、それを増大させているのかもしれない。

ただ俺の中では昔の印象が強いので、友梨が人から「大人っぽい」とか「美人」と言われているのを見ても、あまりしっくりこないわけだが。

「俺からしたら、若い女性はみんな『可愛い』の区分だよ。ま、俺より年配のご婦人方にも時々適用するがね」

そう笑ってから、店長はカウンターの前からコーヒーを出してきたのだった。


今日も定時で仕事を終えた。

この定時退社も、最近はすっかり板に付きつつある。

年度末になったらそういうわけにもいかないだろうが、忙《いそが》しくなるのはまだまだ当分先だ。

会社のエントランスを出て駅に向かおうとした、その時。

「――あれ？」

見知った姿が、会社前の植え込みの近くに立っていた。

あれは、友梨？　どうしてあんな所に？

「あ。かずき君。お仕事お疲《つか》れさま」

俺に気付いた友梨は笑顔で迎《むか》える。

「どうしたんだ？」

「あはは。実はかずき君を待ってたの」

「いや、待ってたって……。確かバイトは夕方までじゃなかったか？」

「うん、今日は十五時まで。だから近くの商業ビルで時間を潰《つぶ》してたんだ」

「何か俺に用事か？」

二時間近くも待っていたのだ。何かあったに違《ちが》いない。相談事か？

俺はそう思って真剣《しんけん》に尋《たず》ねたのだが――。

友梨の返事は、俺がまったく想像していないものだった。

「節約してるんだよね。だからご飯作りに行ってあげるよ」

「…………え」

友梨の言葉を理解するのに、軽く十秒は要してしまった。

友梨がご飯を作りに来る。

俺の家に。

その俺の家には、奏音とひまりがいて――。

い、いやいやいやいやいやいや！

それはヤバいって！　マズいって！

ひまりの存在を知られてしまったら、本当に何もかも終わってしまう！

「いや、友梨の気持ちはありがたいが、そこは大丈夫《だいじょうぶ》だ。心配いらん」

「でもかずき君、いつだったか、ご飯はあまり自分で作らないって言ってなかった？」

うっ——。

それは紛《まぎ》れもない事実だ。

朝食すらも、週の半分近くはモーニングセットで済ませていたくらいだ。

くそっ。過去の自分の発言が仇《あだ》となるなんて。

「そ、そうだけど、ここは友梨に甘えるわけにはいかないんだ。自分で作ってこそ上達するわけだし……。それに、やっぱり友梨に悪いよ」

「私は別に構わないよ？　たまには休憩《きゅうけい》してもいいんじゃないかな？」

何でだ。

どうして友梨は今日に限ってしつこいんだ。

そんなに俺が悲惨《ひさん》な食生活を送っているように見えるのか？

「でも、その、家に来てもらうほどでは……」

どう言えばいいんだ？　どうしたら友梨は諦《あきら》めてくれるんだ？

俺の頭はかなり混乱していた。

とにかく、友梨が家に来るのはマズい。マズいったらマズいのだ。

「かずき君……。もしかして何か隠《かく》してる……？」

友梨は訝《いぶか》しげな目を俺に向けてくる。

ヤバい。さすがにあからさますぎたか。

どうする？　何て言えばいいんだ。これ以上拒否《きょひ》していると、益々《ますます》友梨に不信感を与《あた》えてしまうだろう。

友梨が家に来るのを阻止《そし》するには――。

そして、俺は決心した。

「その……。わかった。正直に言うよ。実は今、俺の従妹《いとこ》を預かっていて……」

「従妹さん？」

友梨は首を傾《かし》げる。彼女は奏音の存在を知らない。

「うん。かなりワケありな子というか、その――」

そして俺は、奏音のことについてだけ、正直に友梨に話した。

俺の話を聞き終えた友梨は、しばし難しい顔で佇《たたず》んでいた。

「そういうことだったんだ……。それじゃあ、いきなり押しかけて行くのはその子にとっても迷惑《めいわく》だよね……」

「その、すまん……。なにぶん、難しい子で……」

奏音を勝手に『難しい子』扱《あつか》いにしてしまったことに良心が痛むが、このピンチを切り抜《ぬ》けるためだ。許してくれ。

「ううん。そういう理由なら今日はやめておくよ。かずき君が節約しないといけない理由もよくわかったし」

「すまん。だから、やっぱり当分の間は店に寄れないと思う」

「わかった。店長には伝えておくね。あと、私にお手伝いできることがあったら何でも言ってね」

「助かる。その時にはお願いするよ」

友梨は手を振《ふ》ってから歩いていく。

俺は友梨の後ろ姿が見えなくなるまで見送ってから、大きく息を吐《は》いた。

何とか凌《しの》ぎきったが、ヤバかった……。

友梨が親切心で申し出てくれてたのがわかるので罪悪感が募《つの》るが、この場合仕方がない。

うちには、ひまりという爆弾《ばくだん》に匹敵《ひってき》するほどの子がいるのだ。

ふと、思う。

いつまでひまりの存在を、隠し通せるのだろうかと。

そもそも俺は、どうしてひまりのためにここまでやっているのだろう。

奏音が頼《たの》んだから——。

それもあるが、それでも、バレてしまったら犯罪だ。自分がここまでやる理由が、明確に言葉にできない。

ただ俺の脳裏《のうり》に浮《う》かぶのは、ひまりが毎日一生懸命《いっしょうけんめい》、絵を描《か》いている姿。

もしかしたら、彼女の努力は報《むく》われないかもしれない。

所詮《しょせん》は高校生だ。

トントン拍子《びょうし》に夢が叶《かな》って、このまま幸せな道に行けるはずがないと、大人の俺は思ってしまうのだ。

でも、それでも、わかっていても、俺は彼女を見守りたい——。

そんな想《おも》いが、自分の中から強く湧《わ》き上がっていることに気付いた。


次の日。

就業時間を終え、会社を出た瞬間《しゅんかん》、俺はある人物の姿を視界に捉《とら》える。

会社の前に、大きな紙袋《かみぶくろ》を持った友梨が佇んでいたのだ。

これまでの人生において最大級の『野生の勘《かん》』が、俺の中で働いた。

即《すなわ》ち、危険感知——。

これから自分が最大のピンチを迎えることになると、予測できてしまったのだ。

しかし悲しいかな、その危険を回避《かいひ》する術《すべ》はない。

本当に、まったく。裏道ルートすらない。

完全に詰《つ》んだ状態だった。

これは、逃《のが》れられない……。

会社から外に出るルートはここしかないので、裏口から回る——ということができない。ビルをぐるっと囲うような形で設置されている植え込みを、今ほど呪《のろ》ったことはなかった。

幼馴染《おさななじ》みにこんなことを思ってしまう自分が嫌《いや》になる。

でも、今の俺の状況《じょうきょう》と彼女のお節介《せっかい》な性格がかみ合わないだけだ。

友梨は子供の頃《ころ》から大らかで優《やさ》しいし、俺も何度も彼女の存在に助けられてきた。

俺は腹を括《くく》って友梨と対峙《たいじ》することにした。

彼女は決して悪人ではない。

何とか活路を見出《みいだ》してみせる。

友梨は俺の姿に気付くと、人懐《ひとなつ》こい笑顔《えがお》で俺に近付いて来た。

「かずき君、お仕事お疲れさま」

「あ、あぁ……。友梨もお疲れ」

ぎこちない笑顔で対応する俺には構わず、友梨は持っていた紙袋を軽く掲《かか》げた。

「これね、昨日言っていたかずき君の従妹さんにと思って、色々と持ってきたの」

「気持ちはありがたいんだが――何を？　食べ物なら気を遣《つか》わなくてもいいからな？」

「家にご飯を作りに行ってあげる」というのは、奏音がいることによって解決する。

それに関しては強く拒否をしようと決心していたのだが――。

「そういうのじゃないよ。『女子高生』が好きそうなものだよ。プチプラの化粧《けしょう》品とか、ヘアアイテムとか、雑貨とか。かずき君、そういうのって全然知らなそうだし」

「うっ――」

友梨が言ったことが当たっていただけに、俺は何も言えなくなってしまった。

確かに、俺は普通《ふつう》に生活することばかりに気を回していて、そういう女子の嗜好《しこう》品についてはまったく考えていなかった。

いや。

そもそもそういうのが必要だという認識《にんしき》すらなかった。

奏音もひまりも、その辺のことについては何も言ってこなかったが――今思えば、俺に気を遣っていたのだろう。

生活には必要のない物だから。

俺が買っていたのは、せいぜい洗顔料くらいだ。

でも普通の女子高生だったら、やっぱりこういう『可愛《かわい》い物』には興味あるだろうし、化粧もしたいだろうし、欲《ほ》しいと思うよな……。

しかも友梨には現役《げんえき》女子高生の妹がいるので、チョイスも抜群《ばつぐん》なはずだ。

友梨には二歳年上の兄と、八歳年下の妹がいるのだ。

小学生の時に、年齢《ねんれい》が離《はな》れた妹ができたと大喜びしていた姿を俺は覚えている。

「わかった。友梨の気持ちはありがたく頂くよ。俺から渡《わた》しておく」

「それなんだけどね。やっぱり私、かずき君の家に行っていいかなぁ？」

「……………………何で？」

素《す》でそう聞いてしまっていた。

いや、本当に理由がわからなかったのだ。

「え？　だって化粧品はどれが良いのか聞きたいし。色々と持ってきてはみたけど、やっぱり足りない物があるかもしれないし。かずき君が間に入るより、直接私が聞いた方が早いと思うんだけど。あ、お金は心配しなくても大丈夫だよ。全部安いやつだから」

「……………………」

正論すぎて否定できない。

奏音なら遠慮《えんりょ》なくリクエストしそうな気がするし。

しかし友梨の「手伝うよ」がこんな形で提供されるとは、思ってもいなかった……。

俺は脳をフル稼働《かどう》して、次の行動を考える。

ここは――仕方がない。

友梨を家に連れて行こう。

ここで俺が頑《かたく》なに拒否を続けてしまうと、逆に怪《あや》しまれてしまう可能性がある。

「その……本当に良いのか？」

「うん、遠慮しないで。こういうので従妹さんの気持ちが少しでも明るくなれるのなら、私は構わないよ」

ほわっとした笑顔を見せる友梨に、俺の良心がズキリと痛むのだった。


家に帰る前に、俺はスーパーに寄る。

日用品を買うため――と見せかけて、本当の目的は奏音に電話をすることだ。

「ちょっと俺、トイレに行ってくる」

「あ、うん。わかった」

空の買い物カゴを友梨に持ってもらい、俺は店の端《はし》にあるトイレに駆《か》け込む。

そして個室に入り、すぐに奏音に電話をかけた。

『はいはい奏音です。かず兄《にい》が電話とか珍《めずら》しいね。どしたの？』

「奏音。時間がないから手短に話す。今から家に、俺の知り合いを連れて行くことになってしまった」

『えっ――――』

絶句する奏音だが、詳《くわ》しく説明している暇《ひま》はない。

俺はすぐに言葉を継《つ》ぐ。

「それで質問なんだが、ひまりは今いるか？」

『ひまりならバイトだよ。今日はいつもよりちょっと遅《おそ》くなるって』

「そうか……。だったら大丈夫《だいじょうぶ》そうだな……」

不幸中の幸いだ。

友梨とひまりが直接エンカウントするという、最悪の事態はこれで避《さ》けられそうだ。

ひまりはスマホも携帯《けいたい》も持っていないから、直接連絡《れんらく》する手段がないからな……。

「たぶん長居はしないと思うが、念のためひまりの私物などを目立たない場所に隠《かく》しておいてくれるか？　今、駅前のスーパーにいる。三十分以内には帰ると思うから」

『わ、わかった』

そう言うと奏音は、慌《あわ》てた様子で電話を切った。

ひとまず、これで何とかなるだろう――。

俺はトイレの天井《てんじょう》を見上げ、思わず深い息を吐くのだった。


スーパーでティッシュと食パン、そして安売りをしていた豚《ぶた》バラ肉と、ついでに発泡酒《はっぽうしゅ》を買ってから、俺は友梨と共に帰宅した。

「お、おかえりなさい」

奏音が少し緊張《きんちょう》気味に出迎《でむか》えてくれたが、そこは頼む。いつも通り普通にしてくれ――。

そんな俺の願いを知る由《よし》もなく、奏音は緊張した顔のまま、隣《となり》の友梨に視線を送る。

「その人は？」

「小学校の時からの知り合いの、道廣《みちひろ》友梨だ。俺の会社の近くで働いていて、お前のことを話したら何か色々と持ってきてくれてさ……」

「初めまして。道廣です」

俺の紹介《しょうかい》の後、笑顔でお辞儀《じぎ》をする友梨。

「あ、はい。ドモ。……知り合いって、男の人じゃなかったんだ」

「ん――？」

奏音の言葉に友梨は首を傾《かし》げる。

おいこら。それを声に出すな。

確かに電話で『知り合い』としか言わなかった俺も悪いけどさ。事前に電話したことがバレてしまうだろ――！

「と、とにかく。友梨からお前にって色々と貰《もら》ったんだよ。これ、見てみろ」

俺は友梨から貰った紙袋を奏音に渡す。

奏音は紙袋の中を見た瞬間、目を輝《かがや》かせた。

「わ。マジョカのリップとチークに、これはふわりのマニキュア……！　アイペンシルにアイブロウもあるし――。え、待って待って。しかも何か色もいっぱいある！」

今までに見たことのないテンションで、袋の中を覗《のぞ》く奏音。

その頰《ほお》はいかにも女の子らしく、朱《しゅ》に染まっていた。

奏音もこんな表情をするのか……。

俺も見たことがない奏音の顔をアッサリと引き出した友梨、やっぱり同性にしかわからないものってあるんだな……。

正直に言うと、感心する反面、ちょっとだけ悔《くや》しい。

「色は好みのものがわからないから、とりあえず定番のやつを持ってきてみたんだけど……。好みの物があったら、次はそれを持ってくるから教えてくれる？」

「え――？　あの、本当にいいの？」

喜びを見せる反面、奏音の顔は少し困惑《こんわく》している。

やはり彼女は、色々と我慢《がまん》してしまう性格らしい。

ここは遠慮するところではないぞ――と俺が念じたからか、友梨が俺の考えているままを言ってくれた。

「うん。遠慮しなくても大丈夫だよ。私の妹も高3でさ。プチプラの物とか百均とかで色々と買ってるんだ。余ったら私たちで使うし、使い差しのでも良かったら次に持ってくるよ。数回だけ使って放置してる物もあるしね」

「えと、ありがとうございます……。マジで嬉《うれ》しい。やっぱこういうの見るとテンション上がる」

しばらく、俺は会話に加われないな……。

邪魔《じゃま》をしたら悪いので、俺は盛り上がる二人から少し離れるのだった。

友梨が持ってきた物は化粧品だけでなく、可愛らしい鏡やハンカチ、爪切《つめき》りなどの細々した物もあった。

特に鏡は盲点《もうてん》だった。

洗面所に鏡があるから俺はそれで十分なのだが、女子高生には携帯用の鏡ってやっぱりいるよな……。

この短時間で、俺はアラサー男と女子高生の生態の違《ちが》いを、まざまざと見せつけられたのだった。


「お邪魔しました」

玄関《げんかん》の前で、友梨と向かい合わせに立つ俺たち。

「えっとぉ……なんかいっぱい、ありがとうございました」

友梨にペコリと頭を下げる奏音。

あれから奏音と友梨はかなり打ち解けていたみたいだ。

「そんな、気にしないでいいよ。奏音ちゃん、リクエストの分はまた持って来るね」

「はい」

「かずき君も、またね」

「あぁ。色々とすまん」

「それじゃあ――」

友梨は柔《やわ》らかな笑顔《えがお》のまま玄関を出ていく。

外から入ってきた風により、靴箱《くつばこ》の上に置いていた芳香剤《ほうこうざい》がふわりと香《かお》った。

俺と奏音は数秒の間、何かを話すでもなく動くでもなく、玄関の前でただ佇《たたず》んでいたのだが――。

「……幼馴染《おさななじ》みなんていたんだ」

無表情のまま奏音がポツリと呟《つぶや》いた。

途端《とたん》に俺は居心地が悪くなる。

「えっと、まぁ、うん。わざわざ言うようなことでもないかなと思って黙《だま》ってたんだけど、その――何かすまん」

「今日はたまたまひまりがいなかったら良かったけどさ、次にあの人が来た時、ひまりがバイト休みだったらどうすんの？」

「それは――ひまりには悪いが、ちょっとの間家から出てもらうしかない……かな……」

不満そうに、ジト目で俺を睨《にら》む奏音。

いや、俺もひまりには悪いと本当に思っているんだ……。

しかし、先のことを考えると胃が痛くなる。

友梨がまた家に来ることが確定してしまった。

でもあの流れで「もう俺の家には来ないで欲しい」なんて言えるわけがない。

「友梨さん、綺麗《きれい》な人だよね。大人っぽいし。いや、大人だけど」

「そう……か？　いや、そうかもな……」

友梨はああ見えて、結構抜《ぬ》けているところもある。

何もない所でこけたりとか。

俺の中で友梨は学生の頃《ころ》の印象が強いので、『大人っぽい』と言われても、即座《そくざ》に首を縦に振《ふ》ることにちょっと抵抗《ていこう》がある。

でも確かに、見た目は昔と比べると大人っぽくなったな、うん。

「おっぱいも大きいし」

「…………」

それについてはノーコメントだ。

余計なことを言って墓穴《ぼけつ》を掘《ほ》りたくない。

今それについてちょっと考えたなんて、絶対に言えない。

「おっぱいも大きいし」

「なぜ二回言った」

「だってさー、ズルいじゃん。私だって同じ性別なのに、圧倒《あっとう》的に差があるのはズルいじやん」

たぶんひまりが聞いたら、かなり反感を買うぞそれ……。一緒《いっしょ》に風呂《ふろ》に入った時も羨《うらや》ましがってたし。

それに奏音も友梨ほどではないが、俺からしたらそれなりにあるように見える。

ひまりはまぁ――シュッと細い。うん。

「あ〜。次に生まれ変わる時は、おっぱいが大きくて可愛《かわい》くて何かエロっぽい雰囲気《ふんいき》のお姉さんになってチヤホヤされたい」

「まだ十代のくせに来世の願望を言うな。俺が虚《むな》しくなるだろうが」

俺だってもっと筋肉があって、背も高くて声も渋《しぶ》い、俳優のようなイケメンになってチートみたいな人生を送ってみてぇわ。

……うん、これ以上考えるのはやめよう。

何も生産性がないどころか、心に虚無《きょむ》が生まれるだけだ。

※　※　※

日が沈《しず》んだ住宅街の中を歩くひまり。

いつもより遅《おそ》い時間の帰宅だが、あまり体は疲《つか》れていなかった。

今日はお客さんが少なく、ほとんどの時間を街頭のチラシ配りで終えたからだ。

ほどなくして、和輝のマンションの前に着く。

ひまりがいつも帰宅するのは夕方。

暗闇《くらやみ》の中でマンションを見るのは初日以来なので、新鮮《しんせん》だった。

明るい電灯に照らされた廊下《ろうか》からは、それぞれの部屋のドアの上部が良く見える。

ふと、和輝の部屋がある位置を見上げる。

バイトを始めてから、家に帰るのが楽しみという感覚を久々に味わっていた。

小学生の時に、再放送のアニメを楽しみにしていた時以来か。

あそこに帰れば、奏音が美味《おい》しい晩ご飯を用意して待っていてくれて、そして和輝も迎《むか》えてくれる――。

家出をしているのに、こんなに幸せな気分になって良いのだろうか。

だがひまりは、にやつく顔を抑《おさ》えることができなかった。

しかしその顔は、次の瞬間《しゅんかん》氷像のように凍《こお》り付く。

和輝の部屋から、人が出てきたのだ。

それも、女の人が――。

「え…………」

ひまりは見ていた部屋を間違えたのかと思ってもう一度見直すが、やはり和輝の部屋だった。

女性は廊下の奥へと姿を消す。

ひまりは咄嗟《とつさ》に、駐車場《ちゆうしや》の車の陰《かげ》に身を隠《かく》した。

それからしばらくして、女性がマンションのエントランスから出てきた。

ひまりは車の陰からコッソリと女性を窺《うかが》う。

遠目のシルエットだけで、なんとなく「綺麗そうな人」という印象を抱《いだ》いていたのだが、間近で見る女性は印象通り美人だった。

艶《つや》のある長い髪《かみ》に、口元の色っぽいほくろ。

そしていかにも『大人』を主張している胸に、くびれた細い腰《こし》。

姿勢が良く、歩き姿もさまになっていて――。

「ふわっ⁉」

そして、何もない所で急に躓《つまず》いてよろけた。

「…………」

少しだけ親近感を抱いてしまったことに、ひまりはちょっと悔しくなった。

女性は一人で恥《は》ずかしそうに体勢を立て直すと、また良い姿勢で歩きだす。

そしてひまりの姿に気付くことなく、女性は道路の向こうへと歩いていった。

ひまりはしばらく、その場から動けなかった。

今の綺麗な人は誰《だれ》だろう。

もしかして、和輝の——？

今まで和輝には、全く女性の影《かげ》が見えなかった。だから、彼女はいないものだとばかり思っていた。

でも、よく考えなくても和輝は大人なのだ。

女性の影があっても何らおかしくはない。

そういう考えに思い至るのと、心が納得《なっとく》するのはまた別の問題だった。

ひまりは、和輝に相手にされていない——。

その事実を残酷《ざんこく》なまでに突《つ》き付けられた気がして、ひまりの心に大きなモヤモヤが生まれるのだった。


帰ってから、ひまりは部屋から出てきた女性を見た、と正直に二人に告げる。

そして和輝と奏音から、友梨のことについて説明を受けた。

奏音のために色々と持ってきてくれたらしく、そしてまた持ってくるらしい。

だが、ひまりのことを友梨に言うわけにはいかなかったので、ひまりのための物はなくて申し訳ない、と謝られた。

それでも奏音は『自分用』と偽《いつわ》って、ひまり用にと少し多めに貰《もら》っていたみたいだが。

だが、ひまりはそこはほとんど気にしていなかった。

化粧《けしょう》はそんなに興味がないし、ひまりに今必要な物は、既《すで》に和輝が買い与《あた》えてくれている。

ひまりはそれだけで満足していたのだ。

そして友梨が和輝の彼女ではない——ということがわかったので、ひまりはホッとした。

物より、そちらの方がひまりにとっては重要だった。

それでも、また別の不安がひまりの心に生まれる。

和輝の幼馴染み——。

つまり友梨は、子供の頃から和輝を知っている。

自分の知らない和輝の姿を、たくさん知っているのだ。

どうしようもない嫉妬《しっと》心を抱いてしまう自分が、ひまりは嫌《いや》になった。

その日の夜。

リビングの電気を消してから、ひまりは隣《となり》の布団《ふとん》で横になる奏音の方を見た。

奏音は寝《ね》っ転《ころ》がった状態でスマホをいじり、目覚ましをセットしている最中だった。

「あの、奏音ちゃん……」

「ん？　あだっ⁉」

奏音の手からスマホが滑《すべ》り落ち、彼女の顔を直撃《ちょくげき》。

傍《はた》から見ても、とても痛そうだった。

奏音は手で顔を押さえ、無言で悶絶《もんぜつ》している。

「だ、大丈夫《だいじょうぶ》？」

「あまり……大丈夫じゃないかも……」

しっかり者の奏音でもこんな失敗をするのだな、と不謹慎《ふきんしん》ながらひまりはちょっと安堵《あんど》していた。

ひまりにしてみれば、奏音は家事が何でもできる凄《すご》い女子高生だ。

そんな凄い彼女もこんな姿を見せる時があるのだと、ひまりはさらに親近感を抱いたのだ。

奏音はしばらく顔を押さえていたが、少し痛みが引いてきたらしい。

潤《うる》んだ瞳《ひとみ》をひまりへと向けた。

「それで、何？」

「あの……友梨さんのことなんだけど……」

隣の部屋の和輝に聞こえないよう、囁《ささや》くような声で言うひまり。

友梨の名前を出した瞬間、奏音の顔も変わった。

そしてひまりの方ににじり寄ってきた。

「あの、奏音ちゃんは、えっと……どう思う？」

考えた末、結局ストレートな問いになってしまった。

奏音はちょっとだけ考えてから、ひまりと同じく、囁くような声で返す。

「かなり、強力だと思う」

言葉足らずだったけど、ひまりには奏音が言いたいことが十分に伝わった。

そして、確信した。

奏音も、和輝に対してひまりと同じ気持ちを抱いているのだと。

その奏音の方も、ひまりが何を考えているのか察したらしい。

二人は同時に照れくさくなり「ふふっ」と笑った。

「幼馴染《おさななじ》みであの見た目とかズルいでしょ」

「ほんとそれだよね」

もっとモヤモヤしたり嫉妬したり、醜《みにく》い感情が生まれるかと思ったのに、なぜかこの時は嬉《うれ》しさの方が強かった。

※　※　※

第13話　ブレイクタイムとJK②

会社を終え、地元の駅に着いた直後のことだった。

ふと、すれ違《ちが》った若い女性に目が行く。

その女性は蛍光《けいこう》色の強い黄色のTシャツに濃《こ》い紫色《むらさきいろ》のロングスカート、さらに大きなサングラスを頭にのせているという、とても目立つ格好をしていた。

俺にはそれがお洒落《しゃれ》なのかどうかはわからないが、「自分が好きなものを着ているんです」という主張だけは受け取った。

だが俺がその女性に目を惹《ひ》かれた理由は、派手な格好だけが理由ではなかった。

その若い女性が持っていたコンビニの袋《ふくろ》から、とある物が透《す》けて見えていたのだ。

あれは――もしかしなくても『クリームがたっぷりのったチーズケーキ』だな……。

他人が持っている食べ物には不思議な吸引力がある。

急激に食べたくなったので、俺もコンビニに寄ることにした。

大きなコンビニの袋を二つぶら下げ、マンションのエレベーターに乗る。

チーズケーキ以外にもお菓子《かし》を数種類購入《こうにゅう》してしまったので、結構重たい。

シュークリームにティラミスにプリンを三人分、そしてポテチなどのスナック菓子《がし》も少々——。

レジに出す時に「あ、これ？　自分以外の人間と家で食べるんです。プチパーティー的な」という雰囲気《ふんいき》を醸《かも》し出してしまった。

正直に言うと、チーズケーキだけを買うのが少し恥ずかしかったのだ。

今日に限って中年のおじさん店員だったたし。

もっと堂々とスイーツだけを買えるようになりたいのだが、自分の中にブロックがあるのかメンタル的にはまだ難しい。

もう少しおっさんになったら、逆に気にならなくなるだろうか。

そんなわけで少々買いすぎた気もするが、奏音《かのん》がかなり大食いだと言っていたし、たまにはこんなのも良いだろう。

一瞬《いっしゅん》の浮遊《ふゆう》感覚の後エレベーターが止まり、扉《とびら》が開く。

そこには宅配の制服を着たお兄さんが待っていた。

軽く会釈《えしゃく》をしてからエレベーターから降りる俺。

お兄さんはすれ違う一瞬、俺が持つコンビニの袋に目をやっていた。

……やっぱり目立つか。かなりでかい袋に、お菓子だけがギッシリだもんな。

歩くとガサガサと音が鳴るし。

でも、家はもう目の前だ。

鍵《かぎ》を取り出して玄関《げんかん》を開ける。

三人で暮らし始めてから、帰ってから真っ先に靴《くつ》を確認《かくにん》するようになった。

今までは奏音が帰っているかどうかを確認するだけだったのだが、ひまりもバイトを始めたので彼女の靴も確認するようになったのだ。

まぁ、大体その前にどちらかが家にいたら、俺が玄関に上がった時点で声をかけてくれるのだが。

「あ、おかえり」

こんな感じで。

「ただいま。ひまりはまだバイトから帰ってないか」

「うん。今日は先にご飯食べてていいよって、朝言ってたじゃん」

「そうだったっけか」

確かに朝、そんなことを言っていた気がする。

ちょうど歯磨《はみが》きをしていた時だったので、あまり頭に入っていなかった。

「それより何をそんなに買ってきたの？」

「これか？　お菓子を買ってきた。たまにはこういうのも良いかなと思って」

「え、本当⁉　見せて見せて！」

途端《とたん》に目がキラキラと輝《かがや》く奏音。

奏音は早速《さっそく》、袋の中からお菓子を取り出す。

「何から食べようかなぁ」

「晩ご飯を先に食べてからな」

「えぇー？　一つくらい食べたって影響《えいきょう》ないって」

俺は無言で抗議《こうぎ》の視線を送る。

一回許してしまうと、今後に支障が出てしまう気がする。

俺が子供の頃《ころ》、親が「晩ご飯の直前におやつを食べるのはやめなさい」と言っていた意味が今になってわかる。

一度乱れた生活習慣は、なかなか元には戻《もど》せないからな……。

「うー、そんな目で見ないでよ。わかったってば。先にご飯を食べるから」

「それなら良い。これらはデザートな」

「はーい」

威勢良《いせいよ》く返事をした奏音は、晩ご飯を作る作業に戻っていった。

……この匂《にお》いは、今日は肉じゃがか。


今日はひまりがいない、奏音と二人だけの食事。

二人だけの食卓《しょくたく》は特に会話もなく、お互《たが》いに黙々《もくもく》と食べるだけだった。

ひまりがいたら何かと話題を振《ふ》ってきて賑《にぎ》やかなのだが。

奏音はまだ、俺と二人だけになると落ち着かないのだろうか。

この間のアパートのこともあるしな——と考えたところで、奏音の視線がお菓子の入ったコンビニの袋に向いていることに気付いた。

……もしかして奏音、お菓子が食べたくてそっちに気を取られているだけなのか？

「ごちそうさま！」

奏音は食べ終えると同時に勢い良く立ち上がる。

そして素早《すばや》く茶碗《ちゃわん》や皿を流し台に置くと、一目散にお菓子へと直行した。

……お前ってやつは……。

「えっへっへ。それでは食後のデザートといきますか。何から食ろうてやろうかのぅ」

時代劇に出てくる悪役みたいな台詞《せりふ》回しをしつつガサゴソと袋を漁《あさ》り、お菓子を取り出していく。

こんなテンションの奏音は初めてだ。

本当に嬉しそうだな……。

「よし、最初はポテチからだ。ちょっと塩味が恋《こい》しかったところなんだよね。んで、その後はシュークリームにしよう——ってかず兄《にい》！　シュークリームがあるなら冷蔵庫に入れなきゃダメじゃん！」

「あぁ、すまん。すっかり忘れてた」

「チーズケーキもティラミスもプリンもそのまんまだし！　もう～。冷えてないと美味《おい》しさ半減じゃんかー」

ぶつぶつと言いながら『要冷蔵』の物を冷蔵庫に移していく奏音。

「ていうかちょっと待て。その言い方だとポテチ以外の物も食べるつもりに聞こえるのだが」

「え？　ダメなの？」

「逆に一気に食うなよ!?」

「これくらいの量なら余裕《よゆう》なのに」

「——」

さすがに絶句してしまった。

奏音、本当によく食べるんだな……。

普段《ふだん》どれだけ抑《おさ》えているんだこの子は。

「それに賞味期限短いしさー。早めに食べなきゃダメかなって」

「……太るぞ」

そのひと言でピタリと動きが止まる奏音。

そして無言でポテチの袋を開け、静かに食べ始めた。

しまった……。

さすがに女の子に『太る』は禁句だったか……。

「かず兄は、たまにデリカシーがないと思う……」

ボソッと呟《つぶや》き、ポリポリとポテチを食べ続ける奏音。

「すまん……」

これに関しては素直に謝るしかなかったのだった。

バイトを終えたひまりが帰宅し、晩ご飯を食べた後。

ひまりは食後のデザートにティラミスを選んだ。

「うーん。おいしいです」

ティラミスを頬張《ほおば》った後、幸せそうに蕩《とろ》けた顔をするひまり。

そのひまりの顔を、奏音が横からジッと見ていた。

「待て」を言い渡《わた》された お預け状態の犬みたいだな——と咄嗟《とっさ》に思ってしまった。

さすがにひまりも奏音の視線に気付いたらしい。

「奏音ちゃん、もしかして欲《ほ》しいの？」

「えっ⁉ いや、あの、そういうわけじゃないけど。ただ私はさっきポテチを食べたから、

その、おいしそうだなぁって思っただけで——」

「ふふっ。奏音ちゃんティラミスが好きなんでしょ？ じゃあ一口どうぞ。はい、あーん」

ひまりに言われるがまま、素直に口を開ける奏音。

そしてパクッと頬張ると、満面の笑《え》みを浮《う》かべた。

「おいしい……」

その瞬間、ひまりがぷるぷると震《ふる》え始める。

「奏音ちゃん、可愛《かわい》い……。新たな一面を見て、ちょっと私の中で新たな扉が開きかけました」

「何言ってるのかよくわかんないんだけど……。とにかく、明日は私の分をひまりに一口あげるね」

「うん、楽しみにしてるね」

そこでなぜかお互いに頭をポンポンとやり合う二人。

俺は何を見せられているんだ？

いや、仲がいいのは良いことなんだけど——。

当たり前だが、俺は年齢《ねんれい》も性別も違《ちが》うからあの中に入ることができない。そう考えると、なぜか孤独《こどく》感が襲《おそ》ってきたのだった。

第14話　風邪《かぜ》とＪＫ

とある休日の朝――。

いつもは真っ先に起きて朝食の準備をしている奏音《かのん》が、リビングに敷《し》いた布団《ふとん》の中から出ていなかった。

「駒村《こまむら》さん……」

その隣《となり》に座っていたひまりが、不安そうに俺を見上げてくる。

「奏音ちゃん、体調が悪いみたいで……」

俺はすぐに奏音の枕元《まくらもと》にしゃがむ。

うっすらと目を開けた奏音の表情は、明らかにいつもと違うものだった。

額には汗《あせ》が滲《にじ》み、顔全体が紅潮している。

「あ……おはよう……。朝ご飯……作らなきゃ……」

「いや、明らかに熱があるだろ。そのまま寝《ね》てろって」

布団から這《は》い出ようとした奏音を慌《あわ》てて止める。

こんな状態の人間に料理を作らせるほど、俺は鬼畜《きちく》ではない。

「でも……」

「あのなぁ……。俺だって大人だからご飯くらい何とかできるわ。いいから、今日は気にせずゆっくり休んでろ」

「うん……」

「てことでひまり。奏音に水を持って来てくれるか？」

「はい！　任せてください！」

俺が頼《たの》むと、ひまりがキッチンに飛んで行く。

脱水症状《だっすいしょうじょう》には気をつけないといけないしな。

俺はその隙《すき》に自分のベッドの近くに置いてある、体温計を取りに行った。


「37度9分か……」

奏音から体温計を受け取った俺は、思わず眉間《みけん》に皺《しわ》を寄せる。

それなりに高いが、今日は病院が休みだ。

休日診療《しんりょう》をやっている病院をネットで探してみたのだが、ここからはかなり遠い。

移動時に奏音にかかる負担を考えると、外に出るという選択肢《せんたくし》はやめた方が良さそうだ。

俺、家に風邪薬とか置いてないんだよな。後で買ってくるか。

「奏音ちゃん。何か食べた方が良いと思うんだけど……。ご飯は食べられる？」

ひまりが聞くと、奏音は力なく首を横に振った。

「今は……何も欲しくない……」

奏音の返事に、俺とひまりは眉《まゆ》を下げながら顔を見合わせる。

「困ったな」

気持ちはわかるが、やはり何も食べないままだとマズイだろう。

「じゃあ奏音ちゃん。食べられそうな物は何ですか？　アイスでもゼリーでもいいから。私買ってくるよ」

ひまりの提案に、奏音の表情が少しだけ和《やわ》らいだ。

「じゃあ……アイス……。イチゴ味のカップのやつがいいな……」

「ん、わかった。駒村さん、いいですよね？」

俺は頷《うなず》いてから立ち上がる。

「とにかく俺たちもまず食べよう。食パンでいいか？」

「はい。食べたら私、すぐ買いに行ってきます！」

拳《こぶし》を握《にぎ》り、いつになくやる気のひまり。

本当にひまりは奏音のことが好きなんだろうな。

「買い物なら俺が行くけど」

「いえ……。駒村さんは奏音ちゃんの側《そば》にいてあげてください。こういう時って、やっぱり大人がいた方が安心すると思うから――」

そう言うひまりの顔には、少しだけ寂《さび》しさが漂《ただよ》っていた。

そういうものか。

いや、たぶんそうなんだろう。

小学生の時に風邪で寝込んだ時のことを思い出す。

やはり、親が近くにいるという安心感はあった気がする。

しかし、料理を任せている奏音が倒《たお》れることになろうとは――。

今日はいつもの休日と違う日になりそうだ。


簡単な朝食を食べ終え、俺はひまりに金を渡す。

奏音が言っていたアイスと、風邪の時の強力な助《すけ》っ人《と》であるポカリスエット、そして他《ほか》にも奏音が食べられそうな物なら何でも買ってきて良いと告げる。

あと、ついでに俺たちの昼飯も。

駅前のスーパーは薬局も併設《へいせつ》されているから、そこで風邪薬も買ってくるように頼んだ。

俺はすぐに皿洗いを済ませてから、奏音の寝ているリビングへ。

「かず兄《にい》……」

「どうした？」

「私の上の服、持ってきてくれる……？　何でも良いから……」

「着替《きが》えるのか？」

「汗……いっぱいかいたから……」

「わかった」

奏音の服を仕舞《しま》ってあるチェストを引き出す。

ここは締《し》め付《つ》けるような服ではなく、Tシャツの方が良いだろう。

派手な色の花がたくさんプリントされた白色のTシャツを手にリビングに戻《もど》ると、奏音が布団からのそのそと這い出たところだった。

いつもセットされている明るい色の髪《かみ》が、今は寝癖《ねぐせ》もそのままに無造作な感じだ。

「かず兄……タオルを濡《ぬ》らして持って来てくれる？」

「わかった」

汗を拭《ふ》きたいのだろうな、と瞬時《しゅんじ》に判断した俺は、言われるがまま洗面所に行きタオルを濡らす。

そしてタオルを固く絞《しぼ》ってからリビングに戻った俺は、思わず目を疑った。
奏音が、上の服を脱《ぬ》いで下着姿になっていたのだ。
「なっ——!? いや、すまん! すぐに——」
「あ、かず兄……。背中、拭いて……」
奏音は驚《おどろ》いた様子もなく、俺に背中を見せて頼んできた。
とろんとした目付きから察するに、奏音は今、判断力が著《いちじる》しく落ちているらしい。
——どうする?
数秒葛藤《かっとう》したのち、彼女の要望を聞き入れることにした。
相手は病人だ。頼みを無下にすることはできない。
ここは奏音が正気に戻る前に、サッサと終わらせてしまおう。
俺は奏音の背中側に座り、肩《かた》から順に拭いていく。
「あ……首も……」
奏音は髪を手で一つにまとめ、首筋を晒《さら》した。
…………うなじ。
いや、凝視《ぎょうし》するな俺。だから相手は高校生だって。
自分の中に生まれかけた何かを必死で無視して、俺はサッと首筋を拭いた。

「ありがと……」

と奏音は言うが、それで終わりではなかった。

なんと奏音は流れるような手付きで、ブラジャーのホックをパチンと外したのだ。

「――――!?」

奏音は何も言わない。

さもそれが当然だと言うかのように。

脇《わき》から覗《のぞ》く豊かな膨《ふく》らみを見ないよう、俺は必死だった。

必死すぎてちょっと手に力が入っていたかもしれない。

――これは何の修行《しゅぎょう》だ?

「ん、ありがと……」

ようやく謎《なぞ》の修行の時間が終わった。

モソモソとブラジャーを付ける奏音から背を向け、俺はタオルを洗うべく急いで洗面所に向かう。

熱があるせいとはいえ、奏音の判断能力バグりすぎだろ……。

この一連の出来事、覚えてなかったら良いんだが……。

心拍数《しんぱくすう》が上がった心臓の音を聞きながら、俺は蛇口《じゃぐち》から水を出した。

ひまりが買い物から帰ってきて、奏音は早速《さっそく》アイスをちびちびと食べていた。

だが本当に食欲がないらしく、半分ほどは残してしまった。

その後はひまりと二人で交代しながら、奏音の看病をした。

奏音の熱は、なかなか下がる気配を見せない。

「う……」

布団の中で苦しそうなうめき声を出す奏音。

彼女の頭にのせていた、濡れたタオルをひっくり返す。

そういえば頭に貼《は》るタイプのジェルシートを、ひまりに頼むのを忘れていた。

今度買って家に常備しておこう。

他人と一緒《いっしょ》に暮らすということは、こういう病気の時の備えも大事なのだなと改めて考えたのだった。

昼食は、ひまりがスーパーで買ってきた総菜を食べた。

鶏《とり》の唐揚《からあ》げと野菜サラダだったのだが、唐揚げは衣《ころも》がベチャッとしており、サラダからはなぜか油の匂《にお》いがした。

ピンポイントでハズレな総菜を食べてしまった俺とひまりは、しばらく意気消沈《いきしょうちん》してしまった。

「奏音ちゃんのご飯と、比べるまでもないですね……」

ひまりはしょんぼりと俯《うつむ》きながら、「早く奏音ちゃんのご飯が食べたいです」と呟《つぶや》く。

それには、俺も全面的に同意するのだった。

そして、今度は夕食の準備――。

今日は奏音が以前に買っていた、冷凍《れいとう》のエビフライを揚《あ》げることにした。

そういや、揚げ物って家でやったことないな。まぁ何とかなるだろ。

氷と霜《しも》が付いたカチコチのエビフライを眺《なが》めながら、俺はフライパンに並々と注がれた油の様子を観察する。

そろそろ油の温度は大丈夫《だいじょうぶ》な気がする。

「駒村さん。私がやってみても良いですか？」

隣《となり》からひょこっとひまりが顔を出す。

「あぁ、それは構わないが――」

「では遠慮《えんりょ》なく――！」

「いや、ちょっと待て！」

止めるのが間に合わなかった。

ひまりは氷と霜が付いたままの、冷凍エビフライをフライパンに投入してしまったのだ。

途端《とたん》に四方八方に勢い良く弾《はじ》ける油。

「わっ⁉　氷ごと油の中に入れるやつがあるか！」

「わーん⁉　ごめんなさーい！」

飛び散る油に右往左往する俺たち。

これはマジで熱い！　フライパンに近付けない！

「……何やってんの？」

奏音の冷静なひと言に、俺とひまりは同時に振《ふ》り返っていた。

「奏音⁉」

「奏音ちゃん、起きたらダメだよ！」

「いや。これだけ大騒《おおさわ》ぎしてたら寝《ね》てられないし……。それに、いっぱい寝たおかげでだいぶ良くなったよ」

言いながら奏音は、平然とコンロに近付き一旦《いったん》火を止める。

「あ、ありがと奏音ちゃん……」

「もう。やっぱり料理は私がやらないとダメみたいだね？」

呆《あき》れながら言う奏音の顔は、柔《やわ》らかな笑顔《えがお》だった。

「とにかく、まずはエビフライに付いた氷を落とそう」

「私、床《ゆか》に散った油を拭きます……」

ひまりはティッシュを取るため、小走りでリビングに向かう。

「あの、さ……」

そのタイミングで、奏音が小声で話しかけてきた。

「ん？」

「えっと、あの……。朝のことは、忘れて……」

顔を真っ赤にして俯く奏音。

覚えていたのか——。

つまり、うなじやブラジャー……って、だから思い出すなって俺！

俺は「わかった」と返事をするのが精一杯《せいいっぱい》だった。

「ティッシュ持ってきました——って、奏音ちゃん本当に大丈夫？　まだ顔赤いよ？」

リビングから戻って来たひまりに指摘《してき》されると、奏音は慌《あわ》てて手をパタパタと振る。

「ほ、本当に大丈夫だから！　あの、ひまり。今日は色々とありがとね」

「ううん、私こそ。やっぱり奏音ちゃんが作る料理は美味《おい》しいんだなぁと、今日だけで良くわかったよ」

「それには同意だな」

「もう……そんな褒《ほ》めても何も出ないから。とにかく、滑《すべ》るから床に散った油を拭くよ」

「はーい」

奏音の号令の後、次々と動き出す俺たち。

やっぱり奏音はこうでないとな——と思うのだった。

第15話　襲撃《しゅうげき》とＪＫ

季節外れの風邪《かぜ》の流行とか、本当に勘弁《かんべん》してほしい……。

いや、確かにこの間奏音《かのん》も風邪を引いたけどさ。

俺はパソコンのキーをいつもより速く叩《たた》きながら、叫《さけ》びたい気持ちでいっぱいだった。

まさか、四人も病欠になるとは……。

そんなわけで、今日の経理部の中はいつも以上に慌ただしい。

一人や二人程度の穴埋《あなう》めなら、まぁそれほど問題なくできるのだが、さすがに四人分はかなりキツい。

「磯部《いそべ》の奴《やつ》、元気になったら奢《おご》ってもらうからな……」

この場所にいない同僚《どうりょう》に向けて、思わず声を洩《も》らしてしまっていた。

あいつ、いつもは無駄《むだ》に元気なくせに。

繊細《せんさい》という単語が全然似合わないのに、何をやってんだよ……。

俺以外のメンバーも、ゾンビみたいな顔でそれぞれの仕事に打ち込んでいた。

「駒村《こまむら》さん。営業部の領収書の仕分けお願いしまーす」

集中している間に、既《すで》に机には領収書が置かれてあった。今の声は佐千原《さちはら》さんだった気がするが、もはや後ろ姿で今さら確認《かくにん》する余裕《よゆう》もない。

早速パラパラと領収書をめくって確認するが、あろうことか品名が書いていないものを発見してしまった。

うぉい。営業部の誰《だれ》だコノヤロー。この忙《いそが》しいのに確認しなきゃいけねえじゃん。

腕時計《うでどけい》とパソコンの画面、そして部署内の様子を順番に見る。

……今日は定時に帰れそうにないな……。

※　※　※

その日、ひまりのバイトは休みだった。

昼食は自分で握《にぎ》ったおにぎりを食べる。

奏音からラップと茶碗《ちゃわん》を使った、手を汚《よご》さずにできるおにぎりの方法を教わってから、自分で作るのが楽しみになった。

不器用なひまりでも綺麗《きれい》な形にできるので、見た目もバッチリだ。

具は朝に奏音が用意してくれている。

今日はたらことツナマヨネーズだった。
「ごちそうさまでした」
食べ終えて手を合わせるひまり。
そして何気なく見た玄関《げんかん》の靴箱《くつばこ》の上に、財布《さいふ》が置いてあるのを発見した。
「あ……」
黒色の長財布は和輝《かずき》の物で間違《まちが》いない。
ちょうど昼食の時間だろうし、今頃《いまごろ》困っているのではないだろうか――。
そう考えた瞬間《しゅんかん》。
プルルルル、と電話が鳴った。
きっと和輝に違いない。
財布を失《な》くしたと思って、確認のために家にかけてきたのだろう。
ひまりは一瞬の間にそう判断し、そして受話器を取った。
「はい――」
しかし名乗らずに返事をした途端、ガチャリと切られてしまった。
ひまりは受話器を置いてから、ようやく冷静になり――。
勝手に電話に出てしまったことに気付き、一気に血の気が引いた。

慌てて着信履歴《りれき》を見る。

画面には『非通知』とだけ表示されていた。

誰からだろう。

少なくとも、和輝や奏音でないことは確かだ。

すぐに切れたということは、間違いだと気付いたからだろうか。

それなら問題はないのだが、非通知という文字がひまりには不気味に感じた。

次にかかってきても絶対に取らない——とひまりは決意したが、その後電話がかかってくることはなかった。

※　※　※

友梨《ゆうり》は前回と同じように、奏音に渡《わた》す雑貨類を持ち、和輝の会社の前で待っていた。

しかし、今日はなかなか和輝は出てこない。

「遅《おそ》いなぁ、かずき君……」

定時を過ぎて結構な時間が経《た》つが、会社のエントランスから和輝が出てくる気配はない。

もしかしたら、今日は忙しいのかもしれない。

友梨は、和輝と連絡先《れんらく》を交換《こうかん》していないことを悔《く》やんだ。

半年前に再会してから機会はあったのに、ずっと言い出せないでいたのだ。

友梨は和輝と再会してから、彼との距離《きより》感《かん》を上手《うま》く縮められないでいる。

家が近所で母親同士の仲も良く、気付いたら結構な頻度《ひんど》で遊んでいた小学生時代。

みんなにからかわれないようにと学校ではあまり接触《せっしょく》しなかったが、互《たが》いに得意な教科を家で教え合い、試験を乗り切っていた中学生時代。

朝、他愛《たわい》もない雑談をしながら一緒《いっしょ》に登校していた、高校生時代。

そして大学になって離《はな》ればなれになり、それぞれの仕事に就《つ》いてからは全然会わなくなっていた。

友梨の会社が突然倒産《とつぜんとうさん》し、次の就職先がなかなか見つからない中始めたアルバイト。

和輝の会社と近い場所のバイト先を選んだのは、偶然《ぐうぜん》ではなかった。

友梨は、和輝と再び距離を縮める機会を窺《うかが》っていたのだ。

だから和輝があの喫茶店《きっさてん》を頻繁《ひんぱん》に利用していると知った時は、本当に歓喜《かんき》した。

また和輝との繋《つな》がりができたことが、友梨にはたまらなく嬉《うれ》しかった。

会社員時代、人数合わせで仕方なく参加した合コンでは、毎回誰かが友梨と連絡先を交換しようとしてきたし、同僚の男性に何度か告白されたこともある。

それでも友梨は、それらをずっと断り続けてきた。
友梨の心の中には、ずっと和輝が居着いていたからだ。
和輝はこれといった特徴《とくちょう》もなく、外見も冴《さ》えないかもしれない。
特別会話が面白《おもしろ》いわけでもない。でも、友梨には彼との会話のペースが心地好《よ》かった。
なにより、友梨は知っている。
夢に向けて頑張《がんば》っていた彼の姿を知っている。
でも、直接告白するような勇気は友梨にはなかった。
幼馴染《おさななじ》みなのに今さら——という気持ちもあった。
それでも、友梨は諦《あきら》めきれなかったのだ。
大人になってしまった、今でも。
「私のこんな執着《しゅうちゃく》、かずき君に知られたらきっと嫌《きら》われちゃうよなぁ……」
自嘲《じちょう》気味な笑みを浮《う》かべてから、和輝の会社のビルを見上げる。
ほとんどのフロアに灯《とも》った電気が、夕方の空の中光っていた。
もしかしたら、今日は他の部署も忙しいのかもしれない。
「今日は先に行っちゃおうかな……」
前回行ったので、和輝の家までの道は大体覚えている。

長居するつもりはないし、奏音に物を渡せたら十分だ。

和輝と会えないのは少し寂《さび》しいが、また次回がある。

友梨は心の中で決意すると、駅に向けて歩き出した。

※　※　※

お、終わった……。

俺はパソコンの電源を切った瞬間、デスクに突《つ》っ伏《ぷ》していた。

怒濤《どとう》の仕事量を乗り切った。

しかも、想定よりかなり短い残業時間だ。

さすがにこれは、自分で自分を褒めたい。

このままデスクの上で溶《と》けてしまいそうだったが、途端《とたん》に襲《おそ》ってきた空腹が、家に帰りたい気持ちを思い出させる。

今日は財布を忘れてきてしまったので、昼飯に大した物が食えなかったんだよな……。

食堂で一番安いうどんの金額だけ、同僚に借りたのだ。

あまり大金は借りたくない主義だからな。

とにかく、早く帰ろう。

電車の定期だけはポケットに入れているので、帰る分には金がなくても問題ない。

あーでも、発泡酒《はっぽうしゅ》の残りがもうなかったような。

仕方がない。今日は休肝日《きゅうかんび》にするか……。

意気消沈《いきしょうちん》しながら、俺は会社を後にした。

※　※　※

「ただいまー」

「奏音ちゃんおかえりなさい」

学校から帰ってきた奏音をひまりが出迎《でむか》える。

奏音の両手には、スーパーの袋《ふくろ》がぶら下がっていた。ついでに買い物をして帰ってきたらしい。

「さあー。今日は麻婆豆腐《マーボーどうふ》を作るよ。ひまりはあまり辛《から》くない方が良いよね？」

「その方が嬉しいな。あと奏音ちゃん。今日は私も手伝っていいかな？」

「うん、別にいいけど。絵の方は良いの？」

「たまには気分転換《てんかん》をしたいなって」

「おけおけ。そいじゃあ手を洗ってくるから、ちょいとお待ちを―」

奏音が洗面所に向かい、ひまりは奏音が買ってきたスーパーの袋の中から豆腐と挽肉《ひきにく》を取り出す。

そのタイミングでインターホンが鳴った。

慌《あわ》てて洗面所から出てきた奏音と、少し動揺《どうよう》したひまりの目が合う。

「ひまり。かず兄《にい》の部屋へ」

「わかった」

できる限り音を立てず、でも素早《すばや》く、ひまりは奥の和輝の部屋へ避難《ひなん》する。

そして奏音がインターホンに出た。

「はい」

『宅配便です』

男の人の声でそう告げられた。

「あ、わかりました」

和輝が何か頼《たの》んでいたのだろう。

奏音はそう判断し、すぐに玄関に向かう。

ドアを開けると、帽子《ぼうし》を被《かぶ》った男の人がいた。三十代から四十代といったところだろうか。

ただ、荷物を持っていない。

それどころか、宅配の人の制服ではなく、普《ふ》通《つう》の青いシャツにジーンズという格好だった。

「…………？」

訝《いぶか》しげに奏音が眉《まゆ》を寄せた、その一瞬。

男が、強引《ごういん》に玄関の中に入ってきた。

「えっ――」

突然《とつぜん》のことに、奏音は反応することができなかった。

いや。男の力が強すぎて、あっさりとドアを突破されてしまったのだ。

「な――!?」

「動くな」

鋭《するど》い声と眼光で、男は奏音を射貫《いぬ》く。

隠《かく》すことのないその怒気《どき》は、男性に慣れていない奏音を恐怖《きょうふ》に陥《おとし》れるには十分すぎるものだった。

奏音が硬直《こうちょく》した一瞬《いっしゅん》の間に、男は靴《くつ》を履《は》いたまま家の中に入ってくる。

「翔子《しょうこ》！　どこにいる！」

「――――っ！」

男が出した名前に、奏音の心臓はさらに大きく跳《は》ねた。

（どうしてお母さんの名前を――？）

奏音が見たことのない男だ。

母親とこの男がどういう関係なのか、奏音にはまったくわからない。

わかるのは、男は奏音の母親に用があるらしいことだけ。

「翔子！」

男は名前を叫《さけ》びながら、洗面所やトイレのドアを開けて回る。

そのタイミングで、異変を察知したひまりが何事かと目を丸くしながらキッチンまで出てきた。

（ひまり！　出てきたらダメ！）

奏音は叫んだつもりだった。

しかしそれは声にならない。

ひまりも男の姿を目にした瞬間、固まってしまった。

ひまりと男の目が合う。
奏音の頭の中で、最悪の光景が洪水《こうずい》のように流れていく。
どうかお願い。
ひまりは傷付けないで。
お願い——。
奏音の願いが通じたのかは不明だが、男はひまりの横をすり抜けていく。
そして今度はリビングのクローゼットを乱暴に開けた。
「翔子！　いるなら出てこい！」
尚《なお》も男は、奏音の母親の名前を叫びながら部屋を徘徊《はいかい》する。
カーテンの裏を乱暴に確認《かくにん》した後、さらに和輝の寝室《しんしつ》の方へ。
あまりにも異様な光景と男の威圧《いあつ》的な声で、二人はしばらく動けないでいたが——。
先に我に返ったのは、ひまりの方だった。
男が寝室に入ったのと同時に、ひまりは奏音に走り寄る。
そして真っ青な顔で震《ふる》えていた奏音の体を、ぎゅっと抱《だ》きしめた。
「大丈夫《だいじょうぶ》？」
小声で聞くひまりに、奏音はこくりと頷《うなず》く。

ひまりの体温を感じた安心感からか、奏音は泣きそうになってしまった。

ひまりは奏音から体を離《はな》すと、『静かに』と人差し指を口の前で立てた。

何を——と奏音が問う間もなく、ひまりはキッチンに置いてあるフライパンを手に取った。

そしてフライパンを持ったまま、テーブルの上に立つ。

やがて男の足音が、和輝の寝室から出てくる。

ひまりは震える両手でフライパンを握《にぎ》ったまま、キッチンからリビングを見据《みす》えていた。

「おい、お前ら。翔子の娘《むすめ》か？　翔子はどこに——」

「やあああああああああッ！」

男がキッチンに戻《もど》ってきた瞬間、ひまりはテーブルを蹴《け》り、男の頭に向けてフライパンを振《ふ》り下ろした。

「ぐがっ——!?」

見事なほどに、ひまりのフライパンは男の脳天を直撃《ちょくげき》。

ついでにひまりの膝《ひざ》も、男の胸を激しく突いていた。

ひまりは着地してからも、痛みでうずくまる男の頭や背中に向けてフライパンを振り下ろす。

「奏音ちゃんを！　怖《こわ》い目に遭《あ》わせるなんて！　絶対に！　許せないです！」

ひまりは涙目《なみだめ》になりながら、フライパンの底面と側面で執拗《しつよう》に男を攻撃《こうげき》する。

「それに！　勝手に入ってくるなんて！　非常識です！」

「痛っ！　や、やめっ――？　お、おい！　やめろ！　やめてくれ！　俺は――」

「ど、どうしたの⁉　大丈夫奏音ちゃん⁉」

玄関《げんかん》から聞こえたのは新たな声。

全員が一斉《いっせい》に振り返ると、そこには紙袋を持った友梨が立っていた。

部屋の中の騒《さわ》ぎを、ドア越《ご》しに察知して入ってきたのだ。

友梨は奏音に何かあったのでは――と心配になり入ってきたものの、目の前に広がる光景は、彼女の処理能力を遥《はる》かに超《こ》えているものだった。

青い顔で立ちすくむ奏音。

そして知らない少女が、知らない男をフライパンで殴《なぐ》っている。

「え……ちょっと、誰《だれ》……？　えっと……え、何？　誰……？」

固まってしまう友梨。

時が止まったかのように、誰もが動けないでいて――。

そしてこの隙《すき》に、男が床《ゆか》を這《は》いながらひまりから離れた。

「お前ら、翔子の娘だろ⁉　と、とにかく落ち着け！　俺は別に――」

ガチャリ、とさらに玄関が開く。

またしても全員の目が一斉にそちらへと向く。

今度はこの部屋の主《あるじ》――和輝が帰宅したのだった。

「…………」

和輝も友梨と同様、一瞬だけ固まっていたが――。

その後の行動は迅速《じんそく》だった。

真っ先にこの家にとっての異物――男に向けて走る。

そして男の背後を取り、後ろから羽交《はが》い締《じ》めにするのだった。

※　※　※

帰宅したらあんなカオスな光景が広がっているなんて、誰が想像できるだろうか？

友梨が玄関にいて、ひまりが隠れずに姿を見せていて――。

それでも何とかこの場で優先すべき『見知らぬ男』を認識した後は、自分でも驚《おどろ》くほど冷静に体が動いていた。

かつての柔道《じゅうどう》の試合の時よりも、ずっと冷静に。

奏音が「その人、何かお母さんを捜《さが》しているいるみたいで――」と言わなかったら、あのまま男の意識を落としていたところだ。

男がひまりと俺から受けたダメージはかなりのものらしく、今はキッチンの床に座り込み、立つ気力もない――といった顔だ。

状況《じょうきょう》を整理しないといけないことが山ほどあるが――。

「警察は呼んでいるのか？」

俺が聞くと、奏音とひまりは同時にふるふると首を横に振った。

「おい…………」

おもわず小言を言いかけたが、やめた。

まぁ、パニックだったから難しかったのかもしれないが……。

そこは真っ先に呼んで欲しかった――と考えてから、いやそうなると俺がヤバいじゃん
……ということにようやく気付いた。

ひまりとの生活が最近では『普通』になっていたからか、そのことをすっかり忘れていた……。

「かず兄《にい》。この人、お母さんの知り合いみたいだから……」

奏音がおずおずと切り出す。

やはり奏音としては、それが一番気になるよな……。

ならまずは、この男の正体を明らかにするべきだろう。

「ええと……。率直《そっちょく》に、まずあんたは誰だ？」

「……村雲《むらくも》だ。翔子と付き合っている」

予想はしていたが、やはりそうだったか……。

横目で奏音を見ると、彼女もそれは想定通りだったらしく、大きく動揺《どうよう》はしていない。

「で、どうしてうちに勝手に入ってきた？」

村雲と名乗った男は「すまなかった」と声を落とす。

「いや。謝るのは後でいいから、理由を教えてくれ」

「翔子を捜しにきたんだ」

これもまぁ、奏音たちの証言からわかっていたことだ。

本当に知りたいのはここから。

俺が視線だけで『次』を促《うなが》すと、村雲は訥々《とつとつ》と語り出し——。

まとめるとこうだ。

奏音の母親――翔子は家を出てから、しばらく村雲の所に身を寄せていたらしい。

が、数週間前に突然《とつぜん》姿を消してしまった。

村雲には、出て行った理由がまったくわからなかったという。

翔子を捜すため、村雲はもらった合鍵を使い彼女の家に入る。

しかし手がかりを見つけることはできなかった。

代わりに、親族の家の電話番号を書いたメモを見つける。

それが俺の実家と、俺のマンションのものだった。

村雲は、まず俺の実家に電話をして探りを入れてみようとしたが、電話に誰も出なかった。

まぁ、そうだろうな。

母さんは入院しているし、親父《おやじ》もそれに付きっきりで忙《いそが》しい。

で、もう一つの番号――俺のマンションの方にかけてみたら、女の声で電話に出た。

ひまりがこの時「あ……」と声を洩《も》らしたので、まぁ原因はわかった。

村雲はそれが、奏音のものであると思ったらしい。

ちなみに奏音の存在は、話だけ聞いて知っていたとか。

奏音がいるなら翔子もいる可能性が高いと判断した村雲は、ここまでやって来た――。

というのが、俺の家に来た経緯《けいい》ということだ。

で、居場所がわかったら途端《とたん》に頭に血が昇《のぼ》ってしまい、常識外れな行動に出てしまったと。

はた迷惑《めいわく》にもほどがある。

そういえば俺が奏音と家に行った時、奏音が何か違和感《いわかん》を覚えていたのを思い出す。

あれは、村雲が勝手に家に入ったのを察知していたんだな……。

女性の勘《かん》って凄《すげ》ぇな……と俺は改めて思うのだった。

「自分でもわかっているんだ。執着《しゅうちゃく》しすぎていたことは……。でもなぁ、あいつは今まで出会った誰よりも——」

どこか遠くを見ながら言う村雲。

翔子叔母《おば》さん、なかなか魔性《ましょう》の女性なのかもしれない——と俺は村雲の顔を見て思ってしまった。

俺は人に対してそのような執着を抱《いだ》いたことがないので、彼の気持ちは全然わからないのだが。

「とにかく、冷静さを欠いて強盗紛《ごうとうまが》いの行動になってしまったことは、本当に申し訳ないと思っている。すまなかった……」

土下座する村雲に、俺たちは顔を見合わせる。

こういう時、どういう反応をすればいいのだろう。

「あの……私も、おもいっきり殴ってしまって、すみませんでした……」

俺の後ろで、半分縮こまりながらひまりが言う。

「いや。あれは正当防衛だ。嬢《じょう》ちゃんが気にすることはない」

「は、はい……」

うーん。この村雲の冷静さと、他人の家に勝手に押し入るというギャップ……。

恋愛《れんあい》が人を変えてしまうという、かなり極端《きょくたん》な例かもしれないな。

「とにかく、ここにはお母さんはいないから」

「翔子叔母さんの行方《ゆくえ》を知りたいのは、俺たちも同じなんだ」

「そう……か……」

「それで、この後あんたをどうするかなんだが――」

本来なら不法侵入《しんにゅう》で警察に突《つ》き出すべきだろうが、そうなるとひまりを家に置いている俺の立場がヤバくなる。

二人も『警察はやめて』と目で訴《うった》えてきていた。

今の二人の生活と、過激な行動の男を警察に突き出すかを天秤《てんびん》にかけ――俺は今の生活の方を選んでしまった。

とことん駄目《だめ》な大人だな、俺は……。

「翔子叔母さんが見つかったら、あんたにも連絡《れんらく》する。だから俺の家には二度と来ないで欲しい」

「……わかった」

というわけで、俺は村雲の連絡先を聞いてから、彼を家から追い出したのだった。

村雲が家を出て行くと、しん——とした沈黙《ちんもく》が部屋に渡《わた》った。

ひとまず、一件片付けたが……。

むしろ俺らからすると、ここからが本番だ。

俺はおそるおそる友梨の方へ振《ふ》り返る。

今まで蚊帳《かや》の外で、ずっと沈黙を保っていた友梨に。

友梨は俺と目が合うと、諦観《ていかん》したように息を吐《は》き——。

「その子のこと、紹介《しょうかい》してくれる？」

そしてひまりを見ながら、無表情で言うのだった。

一通り事情を聞き終えた友梨は、「なるほど……」と言って俺を見据《みす》える。

いつもより冷たい目に見えるのは、たぶん気のせいではない。

まぁ、いくら大らかな友梨でも、そういう反応になるよな……。

俺たちがやっていたのは、あまりにも非常識な生活なのだから。

「あの、駒村さんは悪くないんです！　私が無理なお願いをしてしまって――」

「うん、かず兄は悪くない。元々ひまりを家に泊《と》めて欲しいって言ったのは、私の方だから……！」

俺たちの間に漂《ただよ》う不穏《ふおん》な空気を察したのか、口々に友梨に訴える二人。

「あ……うん……」

必死に迫《せま》ってくる二人に友梨は圧倒《あっとう》されたのか、上体を反らすばかりだ。

「だから、駒村さんは責めないでください！」

「悪いのは私らの方だから……！」

「あの、事情はわかったから、二人とも落ち着いて」

友梨は二人を宥《なだ》めると、改めて俺の顔を見る。

しかし、俺はまともに目を合わせることができない。

「かずき君……。もし他の人にバレたら、大変なことになっちゃうよ……？」

「わかっている。でも俺は――」

俺は、それでもこの生活を守ろうとしているのか――？

自分で自分に問い、そして出た答えは『イエス』だった。

どうしようもなく、自分は馬鹿《ばか》だと思う。

「二人はまだ、未成年だよ。大人が守ってあげないといけない存在なの」

責めるような口調ではなかったが耳が痛い。

そして、胸も。

そんなことはわかっている。わかっているけれど――。

「…………あぁ」

「だから、私もお手伝いするね」

「…………へ？」

思わず顔を上げていた。

友梨の言葉が、まったく想像していないものだったから。

「え……なんて？」

「もう、ちゃんと聞いてよ！　だから、私もかずき君のお手伝いをするって言ってるの！

かずき君一人で、こんな可愛《かわい》い子たちの『保護者』は重荷でしょ？」

「仕方ないなぁ」という心情が滲《にじ》み出た友梨の笑顔《えがお》は、子供の頃《ころ》から何度も見たものと同じだった。

「友梨………」

「というわけで奏音ちゃん、それとひまりちゃん、だっけ？　私もこれから『共犯』になるけど――いいかな？」

首を傾《かし》げて二人に問う友梨。

二人はしばらくぽかんとした後、顔を見合わせて――。

そして、笑顔で大きく頷《うなず》いたのだった。


「とりあえずまた来るよ」と言い残して友梨は帰っていった。

友梨がいなくなってから、改めて俺は奏音とひまりに向き合う。

「さて……。今からお前らに説教タイムだ」

「えー？　何で？　警察に連絡してないし、何か上手《うま》いことといったからいいじゃん……」

「それは結果論にすぎない」

俺の真剣《しんけん》な顔に圧倒されたのか、奏音は口ごもる。

「今回は、本当に運が良かっただけだ。もしあの男が刃物《はもの》を持っていたら、今頃お前らはどうなっていたかわからない」

「それは……」

ひまりもしゅんと俯《うつむ》く。

「いいか。これから身の危険を感じる出来事に遭遇《そうぐう》したら、絶対に立ち向かわず逃《に》げろ。俺のことは気にせず警察も呼べ。ひまりも、親に見つかってしまうとか考えるな。命に代わるものなんてないんだからな」

「はい……」

「わかりました……」

奏音もひまりも、ちゃんと返事をしてくれた。

俺の言いたいことを理解してくれたみたいで良かった。

「よし、わかったならこれでこの話は終わりだ。さて……ゴタゴタですっかり遅《おそ》くなっちまったけど、腹が減ったな」

「うー……。晩ご飯作れてないよ。麻婆豆腐《マーボーどうふ》作ろうとしてたのに」

「というか、あの、奏音ちゃんごめんなさい……。フライパンがちょっとヘコんじゃいました……」

いや、元々は俺のフライパンなんだけどそれ。

「まぁ、また買いに行くしかないな。今日はラーメンにでもするか」

「そうだね……。穴が空いたわけじゃないからこれで作れないこともないけど、おじさんの細胞《さいぼう》がフライパンに染《し》み込んでそうでキモいし。もうそのフライパンで料理作りたくない」

「うぅ、ごめんなさい……」

かなりの言われようだ。女子高生の悪口は容赦《ようしゃ》ないな……。

「んでひまりは、何か格闘技《かくとうぎ》とかやってたの？　正直、あのおじさんに立ち向かう時の姿、かなりさまになってたんだけど」

「えっと……小学生の時だけですが、剣道《けんどう》をやってて……」

「あぁ～。だからフライパン、剣みたいに持ってたんだ。かず兄は柔道《じゅうどう》やってた経験が出てたよね」

「まぁな……」

相手が刃物を持っていなかったことは幸いだったが。

しかし久々に体を動かしたからか、筋肉痛になりかけている気配を感じる。明日はもっと酷《ひど》いことになっているかもしれない。

「それじゃあ、今日の晩ご飯はカップ麺《めん》にしますか。んでも家に置いてあるやつ、種類が全部バラバラなんだよね～……ってことで味は早い者勝ち！」

「あ、奏音ちゃんズルいです！」

「おい。元は俺の金で買った物だぞ。俺に先に選ばせろ！」

カップ麺を置いてある戸棚《とだな》に殺到《さっとう》する俺たち。

こんな低レベルな争いができること自体、幸せなことなのだと噛《か》みしめていた。


その日、珍《めずら》しく夢を見た。

柔道をやっていた頃の夢を。

俺はどこかの体育館で試合をやっていた。

体育館に詰《つ》めかけた多くの人々が、旗を持ったりタオルを掲《かか》げたり、それぞれに声援《せいえん》を送っている。

今から団体戦が始まるらしく、俺は次鋒《じほう》の位置に座っていた。

先鋒の試合は、俺のチームメイトが華麗《かれい》な一本で勝利を収めた。

次は、俺の番。

気合いを入れて、俺は立ち上がり——。

試合は呆気《あっけ》なく終わった。

開始十数秒、相手の大外刈《おおそとが》りが華麗に決まり、俺は背を付けてしまった。

落胆《らくたん》したまま礼をして、チームメイトからどんまいと励《はげ》まされる。

まだ、一勝一敗だから気にするなと。

でも俺は、自分のせいでついてしまった『一敗』がただ悔《くや》しかった。

そんな俺の心情を置き去りにして、次の試合が始まる——。


それは夢だけど、限りなく現実を模したものだった。

あぁ、そうだ。

過去にも、こうやって思い知ったんだ。

小学生の時からずっと柔道をやってきて、大人になってもやり続けるのだと信じていたけれど、その気持ちは学年が上がるごとに薄《うす》れていっていた。

特別に体が大きいわけでも、技《わざ》が上手いわけでもない。

いつの頃からか、俺は自分が『特別』になれない人間だと、気付いてしまったんだ——。

第16話　目玉焼きとJK

友梨《ゆうり》が時々様子を覗《のぞ》きに来ることになったが、それ以外は以前と同じような生活を保っていた。

これといったトラブルもなく、何日か経過して——。

日中の日射《ひざ》しが少し強く感じられるようになった、ある休日の朝。

キッチンのテーブルの上には、トーストと目玉焼きとオニオンスープ、そしてヨーグルトが並んでいた。

栄養的には野菜が欲《ほ》しいところだが、「野菜は案外高いから夜だけね」とは奏音《かのん》談。

俺は別に、朝に野菜を食べなくても気にしないから問題ない。

むしろ二人と初めて食べた朝食メニューに、二品追加されているだけでかなり満足している。

一人暮らしだと、一品足すのも面倒《めんどう》くさいからな……。

俺はいつものように、目玉焼きに醤油《しょうゆ》をかけて——。

「かず兄《にい》。私にも醤油かして」

「え――？」

奏音が俺の持つ醤油差しに手を伸《の》ばした。

奏音は目玉焼きにはケチャップ派なはず。

それも重度の。

「いったいどうしたんだ？　突然《とつぜん》……」

「いや……。その、たまには醤油をかけてみても良いかな～って。かず兄が好きな味がどんなんか、知っておきたいし……」

「わ、私も醤油をかけたいです……！」

最後の方はごにょごにょして上手く聞き取れなかった。

間髪《かんぱつ》入れず、今度はひまりが勢いよく挙手する。

「ひまりもか？」

俺は信じられない気持ちでいっぱいだった。

あれだけケチャップだ塩だと醜《みにく》い言い争いをしたのに……。

「そうか。ついにお前らも目玉焼きに醤油の素晴《すば》らしさに気付いたんだな。俺は嬉《うれ》しいぞ」

「いや。でも一番はケチャップだから」

「塩です」

「…………」

お前ら、言ってることと行動が矛盾《むじゅん》してるぞ……？

でもまぁ、いいか……。

そういうわけで、今日は全員の目玉焼きに醤油がかかったのだった。


その日の昼。

俺と奏音はリビングのソファに座り、テレビを見ていた。

もっとも奏音はスマホをいじっているので、テレビはほとんど見ていないだろうが。

ひまりはいつものように、俺の部屋でパソコンに向かっている。

「あのさぁ、かず兄」

スマホから目を離《はな》さず、奏音が話しかけてくる。

「どうした」

「私って、可愛い？」

「──────え？」

唐突《とうとつ》すぎる質問に、思考も体も硬直《こうちょく》してしまった。

いや、俺は可愛い方だと思っているが……どうして奏音は、いきなりこんなことを聞いてくるのだろうか？

そっちの方が気になってしまい、即座《そくざ》に返事ができなかった。

「もう。なんでそこで固まるの」

「いや、そう言われても……」

「ごめん、変な意味じゃないよ。ただお母さんは私のこと、可愛いと思っていたのかなぁって思っただけ」

「…………」

特に気にしていないような口調で言うものだから、逆に俺の方が挙動不審《ふしん》になってしまった。

それは——俺にはわからない。

俺は親になったことがないし、仮に親になったとしても、自分の子供のことを可愛いと思えるのか——今の時点ではハッキリと断言することなどできない。

「私より、あのおじさんを優先したってことだよね。私はあのおじさんよりどうでも良い存在なんだなって思うと、かなりショックだよなって」

「奏音……」

正直に言うと、村雲《むらくも》は叔母《おば》さんに遊ばれたか、『何かの目的』のために利用されただけ
――というのが俺の印象なのだが。

当然、真相はわからない。

これは俺の勘《かん》でしかないので、まったく見当違《けんとうちが》いの可能性もある。

リビングに沈黙《ちんもく》が広がる。

バラエティ番組の司会の声が意味のない音となって、俺の耳を素通りし続け――。

「駒村《こまむら》さん……奏音ちゃん……」

直後、俺と奏音の背後から、幽霊《ゆうれい》のようにひまりがぬうっと現れた。

……ちょっと、いや、かなりびっくりした。

「わ、びっくりしたじゃん！　どしたのひまり？」

「で――」

「で？」

「できました……！　ついに絵が完成しました！　さっき賞に送っちゃいました！」

ひまりは頬《ほお》を紅潮させ、興奮しながら両手を上に突《つ》き上げた。

目の下には隈《くま》ができているが、彼女の満面の笑《え》みが疲《つか》れを一切《いっさい》感じさせない。

本当に、やりきった顔をしていた。

「おぉっ⁉」

「マジで⁉　すごい！　やったじゃん！」

ひまりに抱《だ》きつく奏音。

こういうスキンシップが簡単にできるところが、女子高生の特権だよな……。

「えへへ。ありがとう奏音ちゃん。奏音ちゃんが毎日美味《おい》しいご飯を作ってくれたおかげだよ」

「いや、頑張《がんば》ったのはひまりだから！」

ひまりの頭をくしゃくしゃに撫《な》でる奏音。ひまりは照れくさそうに笑ってから、俺の方を見た。

「駒村さん、本当にありがとうございました！　私ついに、夢に向けて一歩進むことができました！」

「あぁ……」

俺は何て言えば良いのかわからなかった。

「よくやった」では偉《えら》そうだし、「おめでとう」というにはまだ早い気がする。

でも、俺も気持ちが高揚《こうよう》していたのは紛《まぎ》れもない事実だった。

そこで、俺はようやくあることに気付く。

なぜ、ひまりを応援《おうえん》したいのか。

どうして、こんなリスクを負ってまでひまりの夢の手伝いをしているのか。

それは、俺がなることができなかった『特別な人』に、ひまりならなれるかもしれないと期待しているから。

自分の叶《かな》えられなかった夢を、ひまりに託《たく》しているから——。

思わず、笑いそうになってしまった。

あまりにも、自分勝手な願いで。

あぁ、本当に自分勝手だ。

でも、それでも良い——と今は思う。

大人って自分勝手で、高校生の時とそんなに心は変わらなくて、それでいて、窮屈《きゅうくつ》なんだ。

その言葉を出すことなく、俺はただ静かに微笑《ほほえ》んだ。

「ねえかず兄。今日の夜は外食にしない？」

「そうだな。せっかくだし、今日は外に食べに行くか。ひまりのお祝いだ」

奏音の提案を採用する。

まぁ、今日くらいはいいだろう。

「やった！」

「いや、お前じゃなくてひまりのためだからな？」

「わかってるって！　ひまりどうする？　何が食べたい？」

「えっと……そうだなぁ……」

天井《てんじょう》を見上げながら考え込むひまり。

目を輝《かがや》かせながら、奏音はひまりの言葉を待っている。

あぁ、何かこの感じ、家族みたいだな──。

二人を見ながら、咄嗟《とっさ》にそんなことを思ってしまった。

いつ壊《こわ》れてもおかしくない、歪《いびつ》で危《あや》うい家族だけれど。


…………白状すると。

二人がこんな俺に対し、信頼《しんらい》以上の感情を寄せ始めてくれていることには、何となくだが気付いている。

でも俺は気付かない振《ふ》りをするし、それはこれからも続けるだろう。
高校生と、大人だから。

あとがき

前作からの方はお久しぶりです。

今作で初めてお目にかかった方、はじめまして。

福山陽士《ふくやまはるし》と申します。

お初の方に説明いたしますと、私はあとがきから読む派なので、ここではネタバレはしないスタイルです。

というわけで、同じあとがきから読む派の方は安心して読み進めてください。

普通《ふつう》に最初から読む方、電子書籍《しょせき》派の方はこの文面はスルーして……。


さて。一部の場所で人外好きを公言している私ですが、どこからどう見ても今回は現代物です。人外が入る余地は微塵《みじん》もありません。入れたら世界観めちゃくちゃや。

その代わり主人公が『20代を折り返した眼鏡スーツ男子』という、近年のファンタジア文庫のライトノベルとしては変化球です。

「大丈夫《だいじょうぶ》？　ファンタジア文庫のライトノベルだよ？」という某攻略本《ぼうこうりゃくぼん》を模した心配の声

がどこかから聞こえてきそうですが、大丈夫です。たぶん。

巷《ちまた》では社会人が異世界で主役を張っている昨今、現代でも社会人の主人公がもっといても良いはずです。良いじゃないか。

今後ファンタジア文庫でも社会人主人公が増えてくれたら嬉《うれ》しいなぁと思っております。

ちなみに失敗するとただの黒歴史として抹殺《まっさつ》されるだけだよ（この文章はフィクションです）。

怖《こわ》い。生きたい。


ファンタジーものではキャラのプロフィールに誕生日を入れないのですが、現代物の今回はきちんと考えました。

ってわけで、その誕生日が持っている資質を記載《きさい》してみようと思います。

作中のキャラの行動と比べてみると面白いかもしれません。

それではページ数の都合上とても簡易的ですが、どうぞ。

・駒村和輝《こまむらかずき》　6月7日生まれ　双子座《ふたござ》
　頭の回転が速い

出世志向が強く、贅沢《ぜいたく》な暮らしに対する憧《あこが》れがある
口数が少なく目立つタイプではない
クールな性格だが、困っている人を見過ごせない優しさを持つ

・倉知奏音《くらちかのん》　9月27日生まれ　天秤座《てんびんざ》
人と一緒《いっしょ》にいることを好む
地味な作業でも淡々《たんたん》とこなす
楽観的だが頑固《がんこ》な面もある
時と場合によっては、大切な人と疎遠《そえん》になってしまうことも

・ひまり　3月12日生まれ　魚座
嘘《うそ》をつけない正直者で、感情が表情や態度に出やすい
計画性がない
子どものようないたずら心を持っている
大胆《だいたん》な発言をする一方、小さなことを気にして落ち込むなどの二面性

参考文献《ぶんけん》：誕生日大全（主婦の友社）

締《し》めに入りますので、各自良い感じのエンディングテーマを脳内で再生しよう。

思い付かなかったら勇気の鈴《すず》がリンリン鳴るあの歌でいいんじゃないかな……。


担当様。いつか肉奢《おご》ります。

イラストを担当してくださったシソ様。

文章だけだと地味な印象のキャラ達を、可愛く、素敵に描《えが》いてくださり誠にありがとうございました。見えそうで見えない表紙好き……。

ｗｅｂ版を読んでさらにこの本まで手に取ってくださった読者様。あなたは神様の化身ですね？　ありがとうございます。

初めてこの本を手に取ってくださった読者様。あなたも神様の化身ですね？　ありがとうございます。

もしよろしければ、今後ともお付き合いくだされば幸いです。

あとがきから読んでる派の方は、ここで脳内エンディングテーマを止めよう（再生時間短いな……)。
それでは、またお目にかかれますように——。

お便りはこちらまで

〒一〇二―八〇七八
ファンタジア文庫編集部気付
福山陽士（様）宛
シソ（様）宛

富士見ファンタジア文庫

1LDK、そして2JK。
~26歳《さい》サラリーマン、女子《じょし》高《こう》生《せい》二人《ふたり》と同居《どうきょ》始《はじ》めました~

令和元年12月20日　初版発行

著者——福山《ふくやま》陽《はる》士《し》

発行者——三坂泰二

発　行——株式会社KADOKAWA
〒102-8177
東京都千代田区富士見2-13-3
0570-002-301（ナビダイヤル）

印刷所——暁印刷

製本所——BBC

※定価はカバーに表示してあります。
●お問い合わせ
https://www.kadokawa.co.jp/（「お問い合わせ」へお進みください）
※内容によっては、お答えできない場合があります。
※サポートは日本国内のみとさせていただきます。
※Japanese text only

ISBN978-4-04-073436-1 C0193

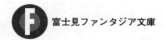

第33回
切り拓け！キミだけの王道
ファンタジア大賞
原稿募集中
キミの物語を世界に示せ――!!
〈大賞〉
300万円
〈金賞〉
50万円
〈銀賞〉
30万円
新・選考委員、決定！
細音啓「キミと僕の最後の戦場、あるいは世界が始まる聖戦」
橘公司「デート・ア・ライブ」
羊太郎「ロクでなし魔術講師と禁忌教典《アカシックレコード》」
ファンタジア文庫編集長
イラスト／ニノモトニノ
後期締切
2020年
2月末日
応募の詳細は公式サイトをチェック！
https://www.fantasiataisho.com/